Jack & la grande aventure du cochon de Noël

J.K. ROWLING

JACK & LA GRANDE AVENTURE DU COCHON DE NOËL

Illustré par
Jim Field

Traduit de l'anglais
par Jean-François Ménard

GALLIMARD JEUNESSE

Titre original : *The Christmas Pig*

Édition originale publiée en 2021 en Grande-Bretagne par Hodder & Stoughton.
L'autrice a revendiqué le bénéfice de son droit moral.

À David
J. K. Rowling

À Sandy et Lola
Jim Field

PREMIÈRE PARTIE

Lo Cochon

1

Lo Cochon

Lo Cochon était un petit cochon en peluche fabriqué dans un tissu-éponge semblable à celui d'une serviette de toilette. Son ventre était rempli de billes en plastique, et on pouvait ainsi s'amuser à le lancer sans l'abîmer. Ses petites pattes toutes douces étaient exactement de la bonne taille pour essuyer une larme. Quand Jack, son propriétaire, était encore bébé, il s'endormait chaque soir avec une oreille de Lo Cochon dans la bouche.

Il s'appelait Lo Cochon parce que Jack, quand il avait commencé à parler, disait « lo cochon » au lieu de « le cochon ». Lorsqu'il était tout neuf, Lo Cochon était d'une couleur rose saumon, avec de petits yeux en plastique brillants, mais Jack ne se souvenait pas de l'avoir connu ainsi. Pour lui, Lo Cochon avait toujours été tel qu'il le voyait aujourd'hui : grisâtre et délavé, avec une oreille toute raide à force d'avoir été sucée. Au bout d'un moment, les yeux de Lo Cochon s'étaient détachés, laissant deux trous minuscules, mais la maman de Jack, qui était infirmière, avait remplacé les deux perles de plastique par deux petits boutons. Quand Jack revint de la crèche cet après-midi-là, Lo Cochon était allongé sur la table de la cuisine, enveloppé dans une écharpe de laine, attendant que Jack lui enlève le bandage qui lui recouvrait les yeux. Maman lui avait même rédigé une fiche de soins : « LC Jones. Opération boutons. Chirurgien : maman. »

Après son opération des yeux, tout le monde se mit à appeler Lo Cochon LC en guise de diminutif. Depuis qu'il avait deux ans, Jack ne se serait jamais couché sans LC, ce qui posait souvent des problèmes, car lorsque l'heure venait d'aller au lit, LC était généralement introuvable. Parfois, maman et papa mettaient longtemps à le dénicher. Il pouvait être n'importe où : dissimulé dans une basket de papa ou recroquevillé dans un pot de fleurs.

– Pourquoi le caches-tu sans cesse, Jack ? demandait maman chaque fois qu'elle trouvait LC blotti dans un tiroir de la cuisine ou caché sous un coussin du canapé.

La réponse était un secret entre Jack et LC. Jack savait que sa peluche aimait les endroits confortables où elle pouvait se pelotonner et s'endormir.

LC aimait faire exactement les mêmes choses que Jack : ramper sous des buissons pour disparaître dans une bonne cachette et aussi être lancé en l'air, Jack par son père et LC par Jack. LC s'en fichait de se salir, ou de retomber accidentellement dans une flaque d'eau, du moment que Jack et lui pouvaient s'amuser ensemble.

Un jour, quand Jack avait trois ans, il avait mis LC dans la poubelle à pédale. En entendant sa mère expliquer que la poubelle à pédale était réservée au recyclage, il s'était dit que cette pédale était peut-être comme celles des vélos et que le recyclage voulait dire qu'on allait se promener à bicyclette. Il avait alors attendu que sa mère quitte la cuisine et déposé LC dans la poubelle en imaginant qu'il pourrait faire un petit tour lorsque le couvercle serait rabattu. Sa mère éclata de rire quand Jack lui expliqua pourquoi il jetait de temps en temps des coups d'œil à l'intérieur de la poubelle : c'était pour voir si les choses qu'elle contenait se promenaient à bicyclette. Sa mère lui affirma que le « recyclage » n'avait rien à voir avec les bicyclettes et que certains des objets contenus dans la poubelle allaient être transformés en autre chose et commenceraient une nouvelle vie. Jack ne voulait surtout pas que LC se transforme en quelque chose d'autre, et il ne l'avait plus jamais mis à la poubelle.

Toutes ces péripéties avaient donné à Lo Cochon cette odeur si originale que Jack aimait beaucoup. C'était un mélange de tous les endroits où LC avait vécu ses aventures, et de la caverne tiède et sombre qui se formait sous les couvertures de Jack, sans oublier un soupçon du parfum de maman qui ne manquait jamais d'embrasser LC, lui aussi, et de le serrer dans ses bras lorsqu'elle venait dire bonsoir à Jack.

De temps à autre, maman trouvait que LC avait une odeur un peu trop prononcée et aurait besoin d'être nettoyé. La première fois que LC était entré dans la machine à laver, Jack s'était allongé sur le sol de la cuisine et avait hurlé de rage et de peur. Maman avait essayé de lui montrer à quel point LC s'amusait à tournoyer dans le tambour de la machine, mais ce fut seulement lorsque, ce même soir, LC revint dans la caverne, sous les couvertures, doux, sec et dégageant une odeur de lessive, que Jack pardonna véritablement à sa mère. Bientôt, il s'habitua aux séjours de LC dans la machine à laver mais, chaque fois, il avait hâte que son jouet retrouve son odeur naturelle.

La pire chose qui était jamais arrivée à LC, c'était quand Jack avait quatre ans et qu'il l'avait perdu à la plage. Son père avait déjà replié les serviettes et sa mère aidait Jack à remettre son sweat-shirt lorsqu'il se rappela soudain qu'il avait enterré LC quelque part mais il ne se souvenait pas où. Ils avaient cherché jusqu'à ce que le soleil se couche et que la plage se soit presque vidée. Son père s'était vraiment mis en colère et Jack hurlait, sanglotait, mais maman lui répétait qu'il ne fallait pas perdre espoir et elle creusait un peu partout dans le sable à mains nues. Alors, juste au moment où papa disait qu'ils allaient devoir repartir sans LC, Jack avait enfoncé son pied dans le sable et ses orteils avaient touché quelque chose de mou. Il avait déterré LC en pleurant de bonheur et papa avait dit que ce cochon ne reviendrait plus jamais à la plage, ce que Jack trouva très injuste car LC aimait beaucoup le sable, c'était même pour cela que Jack l'y avait enterré.

2

Maman et papa

Peu avant que Jack aille pour la première fois à l'école, une lettre arriva pour dire à tous les parents que les enfants devaient apporter le jour de la rentrée leur jouet en peluche préféré. Tout le monde dans la classe de Jack apporta un ours, mais Jack, bien sûr, avait amené LC. Chaque élève à son tour vint au tableau pour dire le nom de sa peluche et pourquoi c'était sa préférée. Lorsque vint le tour de Jack, il expliqua pourquoi LC s'appelait comme ça, il parla de son opération des yeux et du jour où il avait été enterré sur la plage et failli être perdu pour toujours. Les histoires de LC et de ses aventures firent rire toute la classe et lorsque Jack eut terminé, tout le monde applaudit. LC était sans nul doute le jouet le plus drôle et le plus intéressant, même s'il était l'un des moins beaux à voir. À la récréation, Jack et un garçon du nom de Freddie jouèrent à la balle avec LC. Juste avant de regagner la classe, Jack le laissa tomber dans une flaque d'eau. Ce soir-là, le cochon dut retourner dans la machine à laver.

Quand Jack passait une mauvaise journée à l'école – s'il avait une mauvaise note ou se disputait avec Freddie, ou si quelqu'un se moquait de sa poterie parce qu'elle était tordue –, LC l'attendait à la maison pour sécher ses larmes avec ses petites pattes toutes douces. Quoi qu'il arrive à Jack, LC était là, il le comprenait, lui pardonnait et dégageait cette odeur rassurante et si familière qui revenait toujours, quel que soit le nombre de fois où maman le passait à la machine.

Une nuit, peu après qu'il eut commencé l'école, un bruit réveilla Jack. Il chercha LC à tâtons et l'attira contre lui, dans le noir.

Quelqu'un criait. La voix ressemblait un peu à celle de son père. Puis il y eut un grand fracas et une dame se mit à hurler ; on aurait dit maman, mais Jack ne l'avait jamais entendue crier comme ça. Il avait peur. Il écouta quelques instants, serrant LC contre son visage et il sentit que LC avait peur, lui aussi.

Jack pensa que sa mère et son père étaient peut-être en train de se battre avec un cambrioleur. Il savait quel numéro il fallait appeler pour faire venir la police et il sortit de son lit dans le noir pour se glisser jusqu'au palier. Serrant toujours LC contre lui, il descendit l'escalier sur la pointe des pieds. Papa continuait de crier et maman de hurler. Jack n'entendait pas la voix du cambrioleur.

Alors, la porte du salon s'ouvrit brusquement et papa s'avança dans le hall à grands pas. Il n'était pas vêtu de son pyjama mais d'un jean et d'un pull. Il ne remarqua pas la présence de Jack dans l'escalier. Il ouvrit la porte de l'entrée, sortit et la claqua derrière lui. Le garçon entendit le bruit de la voiture qui roulait dans l'allée. Papa s'en allait.

Jack se glissa dans le salon. Le lampadaire était par terre et sa mère était assise sur le canapé, le visage enfoui dans ses mains. Elle pleurait. Lorsqu'elle entendit les pas de Jack, elle releva la tête, surprise, puis se remit à pleurer plus fort que jamais. Jack pensa qu'elle allait tout lui expliquer et que les choses s'arrangeraient mais, quand il courut vers elle, elle le serra simplement dans ses bras, très fort, de la même manière qu'il serrait LC contre lui lorsqu'il se faisait mal ou qu'il était triste.

3

Changements

Après cela, papa avait cessé de vivre avec eux.

Sa mère et son père expliquèrent chacun à Jack qu'ils ne voulaient plus être mariés. Jack leur répondit qu'il comprenait. Il leur dit que d'autres élèves, à l'école, avaient des mamans et des papas qui ne vivaient plus ensemble. Jack savait que, pour ses parents, il était important que lui se sente bien dans cette nouvelle situation, alors il fit semblant de se sentir bien.

Mais certains soirs, après que maman l'eut embrassé et eut refermé la porte de sa chambre, Jack pleurait tout contre le corps moelleux de LC. LC savait tout et comprenait tout sans qu'il soit nécessaire de lui expliquer les choses. Il savait que Jack sentait comme une boule dans sa poitrine. De ses petites pattes, LC essuyait ses larmes. Lorsqu'il était dans le noir avec lui, Jack n'avait plus besoin de faire semblant.

Peu après le sixième anniversaire de Jack, papa l'emmena manger un hamburger, lui offrit une grosse boîte de Lego et lui expliqua qu'il avait trouvé un travail à l'étranger.

– Mais je pourrai toujours te parler n'importe quand, Jack, lui dit son papa. Et puis, tu pourras prendre un avion pour venir me voir. Ce sera amusant, non ?

Jack pensa que ce ne serait pas du tout aussi amusant que de pouvoir jouer avec papa à la maison, mais ce n'est pas ce qu'il lui répondit. Il s'habituait à ne pas dire ce qu'il pensait.

Plus tard, maman lui annonça que ce serait peut-être une bonne idée de déménager pour vivre plus près de mamie et de papy qui pourraient s'occuper de lui lorsqu'elle-même serait obligée de travailler tard. Elle avait un nouveau poste dans un grand hôpital et papy leur avait trouvé une très jolie maison avec un jardin, à deux rues de l'endroit où habitaient ses grands-parents. Mamie et papy avaient un chien très mal élevé qui s'appelait Toby. Jack trouvait Toby-le-chien très drôle.

– Il faudra que j'aille dans une autre école ? demanda Jack en pensant à Freddie, son meilleur ami.

– Oui, répondit maman. Mais il y en a une tout près de notre nouvelle maison. Je suis sûre qu'elle te plaira beaucoup.

– Ça m'étonnerait, dit Jack.

Il ne voulait pas déménager ni aller dans une nouvelle école. Maman ne semblait pas le comprendre ; Jack ne voulait plus de changements. Il voulait rester avec les copains de sa classe et dans l'ancienne maison, là où il avait vécu tant d'aventures avec LC.

Mamie et papy parlèrent à Jack au téléphone. Ils lui dirent à quel point ils avaient hâte que lui et sa maman viennent vivre à côté de chez eux et comme ce serait amusant de jouer au parc avec Toby-le-chien. Jack répondit que ce serait très bien, mais il ne le pensait pas vraiment. La seule personne qui semblait le comprendre était LC. Jack savait que LC lui aussi regretterait de quitter toutes leurs cachettes préférées.

Quelques semaines après que maman lui eut parlé pour la première fois de la nouvelle maison, Jack dit au revoir à sa maîtresse et à Freddie. Le lendemain, les déménageurs arrivèrent et enlevèrent tout ce qui avait fait que Jack se sentait si bien chez lui, dans l'ancienne maison. Puis maman l'emmena dans la voiture avec LC et ils roulèrent pendant environ cent cinquante kilomètres.

Jack dut reconnaître qu'ils s'étaient bien amusés pendant le voyage. LC était assis sur ses genoux et Jack avait joué avec maman aux devinettes. Ils s'étaient arrêtés à mi-chemin pour manger une pizza et de la glace. Maman avait permis à Jack d'acheter dans un distributeur automatique deux gros bonbons qui changeaient de couleur à mesure qu'on les suçait, un pour lui et un pour LC (mais, comme Jack l'expliqua à sa mère lorsqu'ils furent remontés dans la voiture, c'était lui qui devrait manger le deuxième bonbon à la place de LC).

Jack ne s'y était pas attendu, mais il aimait bien la nouvelle maison. Sa chambre était tout à côté de celle de maman et il y avait un grand arbre devant sa fenêtre. Mamie et papy arrivèrent cinq minutes après eux avec des sacs pleins de provisions pour remplir le frigo. La première chose que fit Toby-le-chien fut d'arracher LC de la main de Jack.

– Non, Toby, il est à moi, tu le sais bien ! protesta Jack.

Il glissa LC sous son sweat-shirt pour le mettre à l'abri mais en laissant sa tête dépasser du col pour qu'il puisse voir ce qui se passait autour de lui.

Les déménageurs apportèrent tous les meubles qui leur étaient familiers dans la nouvelle maison. Maman et mamie rangèrent tout ce qui allait dans la cuisine pendant que Jack, papy, Toby-le-chien et LC exploraient le jardin. Il recelait plein de cachettes intéressantes et d'excellents perchoirs pour LC, mais Jack le gardait contre lui, de peur que Toby-le-chien n'essaie de le lui voler à nouveau.

Ce soir-là, dans son lit, Jack serra LC dans ses bras, respirant son odeur rassurante, et tous deux étaient d'accord pour penser sans le dire que cette journée de déménagement avait été beaucoup moins désagréable qu'il ne l'avait redouté. Il n'y avait pas encore de rideaux à la fenêtre de la chambre et, avant de s'endormir, Jack et LC regardèrent les feuilles de l'arbre frémir sous le ciel sombre de la nuit tombante.

4

Holly Macaulay

Lorsque lundi arriva, maman surprit Jack au moment où il essayait de glisser LC dans son cartable.

– Non, Jack, dit-elle avec douceur. Imagine qu'il se perde ?

L'idée que LC puisse se perdre dans une nouvelle école parmi des inconnus lui parut terrifiante, aussi Jack le rapporta-t-il dans sa chambre, mais il se sentait très seul et il avait peur quand il approcha du portail de l'école.

– Je suis sûre que ça se passera très bien, lui dit sa mère en le serrant contre elle avant que la cloche sonne le moment d'entrer en classe.

Jack ne dit rien. Il devait faire un tel effort pour ne pas avoir l'air effrayé qu'il en avait les sourcils froncés.

Les autres élèves de la classe le regardèrent fixement lorsqu'il entra dans la salle. Ils semblaient plus grands que ses camarades de l'ancienne école. La maîtresse lui parla avec douceur et lui demanda son nom. Puis elle invita les autres élèves à venir au tableau chacun son tour et à montrer ce qu'ils avaient apporté pour le cours de sciences. Jack, bien sûr, n'avait rien apporté ; il se contenta donc de regarder les autres étaler des feuilles d'arbre, des glands et des marrons devant toute la classe.

Ensuite, ce fut l'heure de la récréation. Jack trouva un coin à l'écart où personne ne viendrait le déranger.

Après la récréation, la maîtresse demanda aux élèves de sortir leurs livres de lecture. Elle en donna un à Jack. Puis elle annonça que cette journée serait particulière car des élèves plus âgés allaient venir dans la classe. Chacun aurait ainsi un partenaire qui l'aiderait dans ses exercices de lecture.

La porte de la classe s'ouvrit et un grand nombre d'élèves de dernière année entrèrent dans la salle. Ils avaient de larges sourires et quelques-uns d'entre eux firent des signes de la main à des plus jeunes qu'ils connaissaient déjà. Jack avait plus peur que jamais.

Une fille très grande se distinguait des autres. Elle avait de longs cheveux noirs attachés en queue-de-cheval. Elle ne gloussait pas de rire en se cachant derrière sa main comme le faisaient beaucoup des autres filles de dernière année. Elle resta debout, très calme, pendant que la maîtresse invitait ses élèves à choisir un partenaire. Lorsque la très grande fille croisa le regard de Jack, il s'empressa d'examiner le bout de ses doigts.

Les grands avaient commencé à se faufiler entre les tables et Jack entendit ses camarades murmurer :

– Holly ! Holly ! Par ici, Holly !

La fille assise à côté de Jack murmura à son tour :

– Holly ! Holly !

Lorsqu'elle vit Jack la regarder, sa voisine lui expliqua :

– Tu vois celle avec les longs cheveux noirs ? C'est Holly Macaulay. Elle est vraiment bonne en gymnastique. Elle est même passée à la télé.

– Salut, dit une voix, loin au-dessus de la tête de Jack.

Il leva les yeux. Holly Macaulay, qui était passée à la télé, le regardait de toute sa hauteur.

– Tu es nouveau, toi ? demanda-t-elle.

Jack essaya de répondre oui mais sa voix n'arrivait pas à franchir ses lèvres. Tout le monde avait les yeux fixés sur lui et les « Holly ! Holly ! Par ici, Holly ! » étaient murmurés avec une frénésie de plus en plus sonore.

Mais Holly Macaulay ne leur prêta aucune attention. Elle prit une chaise et s'assit à côté de Jack.

– C'est moi qui vais être *ta* partenaire, annonça-t-elle.

Il pourrait sembler étrange de comparer un petit cochon tout mou avec une grande fille de onze ans qui était passée à la télé, mais pas aux yeux de Jack. Grâce à LC, il s'était fait des amis dès le premier jour dans son ancienne école et, dans la nouvelle, c'était Holly Macaulay qui jouait ce rôle. Au bout d'une heure seulement avec Holly comme partenaire de lecture, Jack avait cessé d'être le petit nouveau silencieux. Il était devenu le garçon qu'avait choisi Holly Macaulay, celui qu'elle appela « mon copain Jack » lorsqu'elle le revit à la cantine, à l'heure du déjeuner, assis à la table autour de laquelle tout le monde se serrait.

Les autres élèves de sa classe étaient impressionnés. Ils voulaient tous lui parler, à présent. Lorsqu'il eut fini de manger ses sandwichs, un garçon qui s'appelait Rory demanda à Jack s'il voulait bien jouer au football avec lui. Rory connaissait plein d'histoires drôles. Lorsque maman vint chercher Jack à la fin des cours, Rory tira sa propre mère par la manche pour l'emmener voir celle de Jack et toutes les deux se mirent d'accord pour que celui-ci aille jouer chez Rory un peu plus tard dans la semaine.

LC était ravi que la première journée de Jack dans sa nouvelle école se soit si bien passée. Il aima beaucoup l'histoire de Holly Macaulay et de Rory. Jack, bien sûr, n'avait pas besoin de parler à haute voix. Blotti sous les couvertures, au son des feuilles de l'arbre qui bruissaient devant la fenêtre, LC savait et comprenait tout sans avoir besoin qu'on le lui raconte. Jack s'endormit en sentant contre sa joue le corps rempli de billes de plastique de LC, son odeur familière se mêlant à celle de la chambre fraîchement repeinte.

5

Le LC de Holly

Jusqu'à la fin du trimestre, Holly resta la partenaire de Jack pour les exercices de lecture. Plus il la connaissait, mieux il comprenait pourquoi tous les élèves de sa classe voulaient être amis avec elle.

En dehors du fait qu'elle était très intelligente, obtenait toujours les meilleures notes et avait une voix si belle qu'on lui demandait de chanter en solo devant toute l'école, Holly Macaulay était l'une des jeunes gymnastes les plus brillantes du pays. Elle était passée une fois à la télévision et l'on avait parlé d'elle à deux reprises dans le journal. Elle avait l'ambition de participer aux Jeux olympiques. Tout cela, Jack l'avait appris en grande partie de la bouche même de Holly, le reste, il l'avait entendu raconter par d'autres.

Holly, même si elle était célèbre, n'était pas prétentieuse. Elle montrait à Jack les bleus qu'elle se faisait en tombant de la poutre. La gymnastique semblait exiger beaucoup de travail. Holly expliquait à Jack qu'il lui fallait toujours gagner et continuer à gagner. Obtenir la deuxième place n'était pas suffisant. Elle ne pouvait pas se permettre de perdre si elle voulait être sélectionnée pour les Jeux olympiques.

Un jour, Holly, en arrivant à la leçon de lecture, parut étrange. Elle avait les yeux rouges et gonflés et quand elle dit bonjour à Jack, sa voix était rauque.

Même si Jack aimait beaucoup Holly, il ne pouvait s'empêcher de rester un peu timide en sa présence.

– Tu… tu as perdu ? murmura-t-il.

Il se souvenait que Holly avait participé à une compétition de gymnastique pendant le week-end. Elle fit non de la tête.

– Je n'y suis pas allée.

– Tu étais malade ? demanda Jack.

À nouveau, Holly fit un signe de tête négatif.

Ils lurent une nouvelle page du livre de Jack. Une grosse larme tomba alors sur le papier.

– Ma mère a quitté mon père, répondit Holly dans un murmure.

Se cachant derrière le livre, elle lui raconta tout.

La mère de Holly lui avait dit de mettre ses affaires dans un sac et l'avait conduite en voiture dans un appartement inconnu pendant que son père travaillait à l'hôpital. Holly ne savait pas quand elle le reverrait. Il lui manquait. C'était lui, en général, qui l'emmenait aux compétitions de gymnastique. Sa mère lui avait expliqué qu'elle n'aimait plus le papa de Holly.

– Ils veulent tous les deux que j'aille habiter avec eux, chuchota Holly à l'oreille de Jack. Et moi, je ne sais pas quoi faire.

À la fin de la leçon de lecture, lorsqu'elle retourna dans sa propre classe, Jack se demanda ce qui l'avait poussée à lui raconter des choses aussi intimes, aussi secrètes. Il pensa que, peut-être, il était devenu comme le LC de Holly. Il n'avait pas dit grand-chose, mais il l'avait comprise.

6

Nouveaux changements

Jack avait pris l'habitude que son père lui envoie des cartes postales des différentes villes où il se rendait pour son travail. Maman les collait sur la porte du réfrigérateur pour que Jack puisse toujours les voir. Il y en avait une avec des ponts sur des canaux et une autre qui représentait une ville perchée haut dans des montagnes enneigées. Jack parlait à son père au téléphone et lui faisait parvenir par SMS les photos des dessins qu'il avait faits à l'école. Il lui avait aussi envoyé son certificat de natation de niveau 4. Jack aimait beaucoup nager. Il était un des meilleurs nageurs de sa classe et, le jour de ses sept ans, il avait fait une fête d'anniversaire à la piscine. Ses camarades étaient venus nombreux, et notamment Rory, son meilleur ami.

Avant que l'école ferme pour les vacances d'été, Holly Macaulay passa à la télévision pour la deuxième fois. Le jour de l'assemblée des élèves, elle était venue montrer à tout le monde une nouvelle médaille d'or sous les applaudissements de toute l'école et avait adressé à Jack un clin d'œil et un signe de la main.

Pour les vacances, Jack et sa mère allèrent en Grèce avec mamie et papy. LC était là aussi. Il adorait le soleil. Son petit corps mou se décolorait un peu plus, prenant une couleur grise plus pâle lorsque Jack l'étendait à côté de lui sur une serviette de bain, au bord de la piscine, mais Jack se souvenait qu'il ne fallait surtout pas l'enterrer dans le sable.

Lorsque Jack retourna à l'école pour une nouvelle année, Holly Macaulay était entrée au collège. Elle lui manquait, mais il avait beaucoup d'amis désormais.

Un soir, mamie et papy vinrent le garder car sa mère sortait. C'était étrange parce que, d'habitude, elle ne sortait jamais le soir. Quand il lui demanda où elle allait, elle répondit à Jack qu'elle dînait avec un ami. Elle était très belle et portait une nouvelle robe.

Par la suite, sa mère se mit à sortir le soir une fois par semaine, ce qui ne dérangeait pas Jack. Il s'amusait bien en compagnie de mamie et papy qui jouaient avec lui à des jeux de société, mais il prenait toujours la précaution de mettre LC à l'abri, dans un endroit aussi haut que possible, lorsque Toby-le-chien passait la soirée à la maison.

Puis un jour, pendant un week-end ensoleillé, maman annonça à Jack que son ami Brendan allait venir les chercher en voiture et que tous les trois passeraient la journée dehors.

– C'est avec Brendan que tu vas dîner ? demanda Jack.

Maman lui répondit que oui.

Brendan paraissait sympathique et il avait une belle voix grave. Il emmena Jack et sa mère dans un parc à la campagne où il y avait une grande aire de jeux. Jack glissa sur un toboggan, monta sur un filet de corde mais ne s'amusa pas vraiment. Cela lui paraissait étrange de n'avoir pas sa mère entièrement pour lui. Lorsqu'il en eut assez de l'aire de jeux, tous les trois allèrent se promener au bord d'une rivière. Brendan apprit à Jack à faire des ricochets sur l'eau avec des cailloux plats. Mais Jack aurait préféré que ce soit son père qui le lui apprenne.

Après que Brendan les eut ramenés à la maison et fut reparti, sa mère demanda à Jack s'il l'aimait bien. Il répondit qu'il le trouvait plutôt gentil.

Par la suite, ils sortirent souvent avec Brendan. Jack voyait bien que sa mère l'aimait beaucoup. Un jour, après avoir fait de la balançoire, il les vit assis sur un banc, main dans la main. Lorsqu'elle s'aperçut qu'il les regardait, sa mère lâcha précipitamment la main de Brendan.

Le soir, sous les couvertures, LC comprenait tout sans qu'on ait besoin de rien lui dire. Il savait que Jack trouvait bizarre que Brendan tienne maman par la main, même s'il l'aimait bien maintenant qu'il le connaissait mieux. LC comprenait qu'il aurait préféré que ce soit son père qui tienne la main de maman. LC partageait l'inquiétude de Jack qui avait peur que sa mère soit à nouveau triste si un jour Brendan ne voulait plus d'elle comme amie. LC était le seul à qui Jack pouvait dire à quel point il aurait voulu qu'il n'y ait plus de changements. Avec LC, il n'était pas nécessaire de faire semblant.

7

Pas le père de Jack

Jack savait que Brendan – comme maman – avait déjà été marié et qu'il avait une fille. Il y avait des week-ends où Brendan ne venait pas voir maman parce que sa fille était chez lui et qu'il s'en occupait.

Un jour, maman annonça qu'ils allaient tous les quatre au cinéma : elle, Jack, Brendan et sa fille, Holly.

– Holly ? s'étonna Jack.

C'était bien elle : Holly Macaulay, plus grande que jamais à présent, et paraissant beaucoup plus âgée que dans les souvenirs de Jack. Il y avait aussi un autre changement : lui était ravi de retrouver Holly, mais elle ne semblait pas très contente de revoir Jack. Elle fut polie avec sa mère, mais lorsque celle-ci lui posa des questions sur ses progrès en gymnastique, Holly se contenta de répondre par oui ou par non. Elle refusa qu'on lui serve quoi que ce soit et quand maman lui demanda si elle avait besoin d'aller aux toilettes, Holly répondit qu'elle était suffisamment grande pour y aller toute seule, merci bien. Jack n'aimait pas du tout qu'elle se montre impolie avec sa mère. C'était la première fois qu'il la voyait aussi désagréable.

Plus tard, dans son lit, quand il en parla avec LC (ils ne parlaient pas vraiment, bien sûr, mais cela revenait au même car LC comprenait toutes ses pensées), Jack supposa que Holly devait trouver étrange de voir son père avec une autre dame. Malgré tout, sa mère avait été très gentille avec elle et Holly n'aurait jamais dû lui parler sur ce ton.

Près d'un an après que Brendan eut appris à Jack à faire des ricochets sur l'eau, maman lui dit qu'elle avait quelque chose à lui annoncer. Elle semblait nerveuse et cachait sa main gauche entre ses genoux.

– Brendan m'a demandé de l'épouser, dit-elle.

– Oh, fit Jack.

Il réfléchit un instant.

– Il va venir habiter avec nous ?

– Oui, répondit sa mère qui paraissait toujours nerveuse. Ça ne t'ennuie pas, Jack ?

Jack appréciait davantage Brendan, à présent. Celui-ci lui avait appris à jouer aux dames et l'aidait à faire ses devoirs. Mais quand même, il ne comprenait pas pourquoi on ne pourrait plus vivre comme avant.

– Il faudra que je l'appelle papa ?

– Non, répondit sa mère. Ton papa sera toujours ton papa. Tu peux continuer à appeler Brendan Brendan.

– Mamie et papy sont au courant ? demanda Jack.

Il espérait secrètement que ses grands-parents verraient cette situation d'un mauvais œil, mais sa mère lui assura qu'ils aimaient beaucoup Brendan et qu'ils étaient très contents.

– Est-ce que Holly sera ma sœur ?

– Ta sœur par alliance, répondit maman. Tu aimes bien Holly, n'est-ce pas ?

– Oui, dit Jack.

C'était vrai, d'une certaine manière. Il n'avait jamais oublié combien elle avait été gentille avec lui lors de son premier jour dans sa nouvelle école. Parfois, il s'amusait bien avec elle, mais à d'autres moments, elle pouvait se montrer sèche et moqueuse. Maman lui expliqua que c'était parce qu'elle était en pleine adolescence.

Maman et Brendan se marièrent à la mairie à la fin de l'été. Jack mit un costume car c'était lui qui devait apporter les alliances. Holly était la demoiselle d'honneur. Elle portait une robe bleue avec des bleuets dans ses longs cheveux.

Ensuite, ils allèrent au restaurant. Le père et la mère de Brendan vinrent les rejoindre. Ils furent très gentils avec Jack et s'entendirent très bien avec mamie et papy. Tout le monde semblait heureux, même si Holly ne parlait pas beaucoup.

– Elle participe à une compétition importante la semaine prochaine, dit Brendan en passant son bras autour des épaules de Holly, vêtue en demoiselle d'honneur. Nous irons tous l'encourager.

– Qui ça, nous ? demanda Holly.

– Judy et Jack viendront avec nous, répondit Brendan.

Judy était le prénom de la maman de Jack.

– Je ne veux pas qu'ils soient là, répliqua Holly, les yeux remplis de larmes. Je veux que tu viennes tout seul, comme d'habitude.

Il y eut un bref silence autour de la table, puis tout le monde se remit à parler en même temps.

Beaucoup plus tard dans la soirée, un des amis de Brendan joua du piano et les adultes dansèrent. Jack avait sommeil. Il voulait se coucher avec LC.

Holly vint alors s'asseoir à la table à côté de lui. Elle lui parla à voix basse, d'un ton féroce.

– Ce n'est pas ton père, dit-elle. C'est le mien. Ce n'est pas parce qu'il habite chez toi qu'il est devenu ton père. Compris ?

Jack eut un peu peur en voyant l'expression du visage de Holly.

– Oui, répondit-il. Je comprends.

8

L'ange en rouleau de papier toilette

À partir de ce jour, Holly passa un week-end sur deux chez eux. Chaque fois qu'elle venait, Jack ne savait pas si elle serait Holly la gentille ou Holly la méchante. Sa mère et lui n'avaient jamais le droit de la voir faire de la gymnastique. Ils étaient tout juste autorisés à lui demander comment ses compétitions s'étaient passées.

Lorsque Holly était de bonne humeur, elle jouait avec Jack à des jeux vidéo ou au football dans le jardin. D'autres fois – surtout quand elle avait perdu une compétition –, elle pouvait se montrer odieuse. Un jour, elle l'avait traité de bébé stupide quand elle l'avait vu faire un câlin à LC. Jack avait eu honte et, depuis, il cachait LC chaque fois qu'elle venait dormir à la maison.

Brendan expliqua à Jack que Holly devait travailler deux fois plus dur pour gagner les compétitions, car une nouvelle fille était venue habiter dans le quartier et elle était presque aussi bonne qu'elle en gymnastique.

Jack faisait de son mieux pour ne pas agacer Holly quand elle passait le week-end chez eux, mais il était difficile de savoir ce qui pouvait la mettre en colère. Lorsqu'il attrapa un rhume, elle se mit à crier contre lui parce qu'il reniflait pendant son émission de télévision préférée. Et quand Brendan lui reprocha son attitude, elle se rua hors de la pièce en claquant la porte. Brendan lui courut après. Resté seul pendant un moment, Jack décida de monter dans sa chambre. Il se pelotonna dans son lit avec LC qui était bien d'accord, sans avoir besoin de le dire, pour penser que ce n'était pas la faute de Jack s'il avait reniflé et que Holly était vraiment insupportable.

Noël approchait. Ce fut la fin des cours et Jack trépignait d'impatience car il avait demandé un nouveau vélo et Rory, son meilleur ami, aussi. Dans le parc qui se trouvait à côté de la maison de Rory, il y avait une piste sur laquelle ils pourraient faire la course.

Lorsque maman sortit la boîte qui contenait les décorations de Noël, elle montra à Brendan l'ange qui, depuis des années, avait toujours été placé au sommet du sapin. C'était Jack qui l'avait fabriqué quand il était en maternelle. Le corps de l'ange était constitué du cylindre en carton d'un rouleau de papier toilette, ses ailes étaient en bristol, recouvertes de paillettes collées, et il avait une barbe en laine marron.

– Les anges n'ont pas de barbe ! s'écria Holly d'un ton dédaigneux lorsqu'elle vit l'œuvre de Jack au sommet du sapin.

Maman et Brendan se trouvaient dans la cuisine quand Holly avait dit cela.

– Qui aurait l'idée de mettre un vieux rouleau de papier toilette en haut d'un sapin ? Ma mère ne montrerait jamais quelque chose que j'ai fait quand j'étais bébé. Elle saurait que j'en aurais honte.

Jack se rappela soudain que son père disait toujours : « Et maintenant, la touche finale », avant de soulever son fils pour lui permettre de placer au sommet de l'arbre l'ange en rouleau de papier toilette qui achevait la décoration. Pendant un instant, il eut tellement envie que son père revienne à la maison qu'il en éprouva une douleur dans la poitrine.

C'était la dernière fois que Jack verrait Holly avant le jour de Noël, car sa mère devait l'emmener à l'étranger rendre visite à des membres de sa famille. Il était content. S'il ne pouvait pas avoir son père auprès de lui, au moins, il aurait sa mère, Brendan, mamie, papy et Toby-le-chien, et tout le monde serait de bonne humeur parce que Holly ne serait pas là pour claquer les portes et obliger les adultes à se mettre en quatre pour lui faire plaisir.

L'avant-veille de Noël, mamie vint s'occuper de Jack car maman et Brendan travaillaient tous les deux. Il avait commencé à neiger. Des flocons voletaient devant la fenêtre tandis que Jack regardait un film de Noël, LC sur ses genoux. Les guirlandes du sapin clignotaient dans un coin de la pièce, Toby-le-chien dormait par terre et Jack se sentait heureux et détendu. Il n'entendit pas le taxi qui arrivait devant la maison.

La sonnette de la porte d'entrée retentit. Toby-le-chien sursauta et se mit à aboyer. Jack entendit mamie ouvrir la porte et pousser une exclamation de surprise.

– Holly ! Qu'est-ce que tu fais là ?

Jack tourna la tête et la vit entrer dans le hall en traînant une grosse valise. Elle avait l'air furieuse et il y avait des traces de larmes sur ses joues.

– Je croyais que tu étais déjà dans l'avion ! dit mamie.

– Je ne pars pas ! répondit Holly. Je veux voir papa !

– Mais il travaille à cette heure-ci, ma chérie, fit remarquer mamie, qui paraissait un peu perdue. Où est ta maman ?

Mamie jeta un coup d'œil dans le jardin couvert de neige, mais il n'y avait personne. Holly était venue seule.

– Je ne pars pas avec elle ! s'exclama-t-elle avant de se précipiter vers l'escalier, traînant sa grosse valise derrière elle.

Elle refusa de répondre aux autres questions que lui posait mamie.

Celle-ci téléphona à Brendan qui quitta son travail plus tôt que d'habitude, puis la mère de Holly arriva à son tour.

Elle s'appelait Natalia. Jack ne l'avait encore jamais vue. Il alla se cacher dans sa chambre, mais il pouvait quand même entendre ce que tout le monde criait. Apparemment, Holly avait perdu une compétition de gymnastique très importante et sa mère lui avait dit que c'était parce qu'elle ratait trop souvent les séances d'entraînement. Holly s'était alors mise dans une terrible colère et avait quitté sa mère à l'aéroport.

– J'imagine que c'est *toi* qui l'as encouragée à faire ça ! entendit-il Natalia crier à Brendan.

Natalia quitta enfin la maison en pleurant. Holly avait refusé de la suivre, insistant pour passer Noël avec son père. Jack avait très faim, à présent, mais il ne voulait pas descendre tant que sa mère ne serait pas là.

Lorsqu'elle arriva, Jack était allongé sur son lit, profondément endormi, et il serrait LC dans sa main.

9

La veille de Noël

La veille de Noël, Jack se réveilla en tenant LC contre lui, comme d'habitude. Pendant un moment, il resta allongé, immobile, tout excité en pensant au nouveau vélo qu'il aurait le lendemain. Il savait que maman était déjà partie à l'hôpital et qu'elle devrait travailler jusque tard dans la soirée, mais elle serait en congé le jour de Noël et le jour d'après.

Il se souvint alors que Holly était toujours là. Il avait tout juste eu le temps de se demander ce qui la mettrait en colère aujourd'hui lorsqu'un grand fracas retentit au rez-de-chaussée, déclenchant les aboiements de Toby-le-chien. Jack se leva et descendit pour aller voir ce qui s'était passé.

Lorsqu'il entra dans le salon, il vit l'arbre de Noël couché par terre à côté d'un fauteuil renversé. Mamie essayait d'attraper Toby-le-chien qui furetait parmi les décorations, à la recherche de celles qui étaient en chocolat et qu'il n'avait pas le droit de manger.

– Je voulais simplement mettre ma décoration sur le sapin ! disait Holly sur un ton moitié désolé, moitié insolent.

Elle tenait entre ses doigts un ornement qu'elle avait fait à l'école et qu'elle avait essayé d'accrocher en haut du sapin. Apparemment, elle avait perdu l'équilibre, s'était rattrapée à l'arbre et l'avait renversé.

– Ce n'est pas grave, ma chérie, assura mamie. Il n'y a pas de dégâts.

Si, justement, il y avait des dégâts. Lorsque toutes les boules de Noël qui n'étaient pas cassées furent à nouveau accrochées aux branches de l'arbre, ils s'aperçurent que l'ange en rouleau de papier toilette avait disparu. Finalement, papy retrouva quelques morceaux humides de carton et de laine : Toby-le-chien avait réduit l'ange en charpie.

– Ce satané chien ! s'écria papy.

Jack savait que maman serait terriblement contrariée. Elle aimait beaucoup cet ange. Et personne ne songea à reprocher quoi que ce soit à Holly.

– Voilà ce qu'on va faire, dit alors mamie en essayant de maintenir une bonne ambiance. Prenons la voiture et allons en ville acheter un nouvel ange !

Holly pouvait difficilement refuser de les accompagner, puisque c'était sa faute si l'ange avait été dévoré, mais Jack voyait bien qu'elle n'avait pas envie de venir avec eux. Elle était assise sur le canapé, la mine sombre, et envoyait des textos à ses amis. Lorsque Jack monta mettre son manteau, il glissa LC dans sa poche. En cet instant, il avait besoin de réconfort.

10

Le nouvel ange

Le dos voûté, Holly était assise à côté de Jack, à l'arrière de la voiture, et elle ne cessa pas d'envoyer des textos pendant tout le trajet.

– Regardez-moi toute cette neige, dit mamie d'un ton joyeux alors que des flocons s'accrochaient au pare-brise, obligeant papy à actionner les essuie-glaces. Ça va être magnifique de passer Noël sous la neige, vous ne trouvez pas ?

Ni Jack ni Holly ne répondirent.

En ville, les trottoirs étaient recouverts d'une boue noirâtre. On passait des chants de Noël dans toutes les boutiques et il y avait un vendeur de marrons grillés au coin de la rue. Jack tenait mamie par la main, son autre main dans la poche, fermement serrée sur LC. La foule se pressait autour d'eux pour des achats de dernière minute.

Ils entrèrent dans un grand magasin bondé. Il ne restait plus beaucoup de décorations de Noël et elles étaient complètement mélangées, car les clients les prenaient puis les reposaient précipitamment n'importe où.

– Voilà un très joli petit ange, dit mamie en attrapant le premier qui lui tomba sous la main.

Mais Jack ne l'aimait pas du tout, il le trouvait trop clinquant pour leur arbre. Cet ange-là avait les traits d'une dame, vêtue d'une robe d'un violet criard ornée d'une tresse d'or, avec de grandes ailes en plastique doré. Jack pensait que maman ne l'aimerait pas non plus. Elle tenait tellement à l'ange en rouleau de papier toilette avec sa barbe de laine !

– Qu'est-ce que tu en penses, Holly ? demanda mamie, mais celle-ci haussa les épaules d'un mouvement brusque, sans détacher les yeux de l'écran de son téléphone.

Mamie ne demanda rien à Jack. Elle les emmena à la caisse et acheta l'ange. Puis ils retournèrent au parking, pataugeant dans la boue glaciale et se frayant un chemin parmi la foule affairée.

– J'ai mal au cœur, dit Holly sur le chemin du retour.

– Tu devrais peut-être arrêter d'envoyer des textos pendant qu'on est en voiture, ma chérie, suggéra mamie.

Holly leva les yeux au ciel et appuya sur le bouton qui commandait la vitre pour la baisser. Un vent glacé s'engouffra à l'arrière de la voiture et des flocons de neige voletèrent à l'intérieur.

– J'ai froid, dit Jack.

– Et moi, j'ai besoin d'air frais, répliqua sèchement Holly.

Ils arrivèrent sur l'autoroute. Jack frissonnait. Il était en colère et se sentait malheureux. Pourquoi Holly devait-elle toujours obtenir ce qu'elle voulait ?

– Mamie, j'ai froid.

– Holly, ferme un peu la vitre, s'il te plaît, dit mamie.

Holly la remonta un tout petit peu. De la neige fondue continuait d'entrer dans la voiture.

– Elle est toujours ouverte en grand, insista Jack.

Holly fit la moue, imitant un bébé, et montra LC que Jack avait sorti de sa poche. Papy la vit faire dans le rétroviseur.

– Ça suffit, mademoiselle, dit-il. Remonte la vitre, s'il te plaît.

Holly se renfrogna et remonta un tout petit peu la vitre. Puis elle se tourna vers Jack, fit à nouveau la moue et imita un bébé qui essuie les larmes de ses yeux.

Jack ne croyait pas qu'elle avait vraiment mal au cœur. Elle voulait simplement être odieuse. Elle était en train de gâcher la journée et sans doute gâcherait-elle aussi le jour de Noël, en parlant sèchement à Jack et en s'arrangeant pour être au centre de tout. Elle continua silencieusement à se moquer de lui en faisant une tête de bébé. La boule de colère qui se contractait de plus en plus fort dans le ventre de Jack devint soudain brûlante.

– Tu perds tout le temps, murmura-t-il.

Holly cessa brusquement de faire sa tête de bébé.

– Ferme-la, grogna-t-elle.

Jack l'avait rendue encore plus furieuse, mais il s'en fichait. Elle était en train de tout détruire. Elle se conduisait mal avec maman, avec mamie, avec papy. Elle était venue s'installer à la maison alors qu'il ne voulait pas d'elle. C'était entièrement sa faute si Toby-le-chien avait dévoré son ange barbu. Il voulait la punir d'avoir gâché Noël et il savait exactement comment s'y prendre. Ce que Holly détestait le plus au monde, c'était perdre.

– Tu es une perdante, dit Jack un peu plus fort.

– Jack, le reprit sèchement papy derrière son volant, j'espère avoir mal entendu. Tu n'as pas vraiment dit ça ?

Jack ne répondit pas. Il voyait que Holly était au bord des larmes et en était très content. Il en avait assez qu'elle le traite si mal. Il ne cherchait plus à maintenir la paix. La veille, il n'avait pas dîné par sa faute. Il en avait assez de toujours marcher sur des œufs avec elle.

Holly appuya soudain sur la commande de la vitre qu'elle baissa entièrement, laissant pénétrer une bourrasque d'air glacial.

– Holly…, protesta mamie.

– Je vais vomir ! l'interrompit-elle.

Jack savait que c'était une vengeance. Il répliqua en tournant son pouce vers le bas pour signifier qu'elle était nulle. Il avait vu faire ça à l'école.

Il leva sa main devant le visage de Holly pour qu'elle voie bien son signe et lui lança un regard noir.

Avec une rapidité telle qu'il n'aurait jamais pu l'en empêcher, elle se pencha alors en avant, arracha LC posé sur les genoux de Jack et le jeta au-dehors par la fenêtre ouverte. Pendant une fraction de seconde, Jack vit LC qui semblait figé contre le ciel d'un gris d'acier, ses petites pattes écartées. Puis il fut balayé hors de sa vue.

11

Perdu

Jack cria si fort que papy fit une dangereuse embardée.

– Elle a jeté LC par la fenêtre ! hurla-t-il. *Elle a jeté LC par la fenêtre !*

Mais papy ne pouvait pas s'arrêter au milieu de l'autoroute. Ils continuèrent pendant ce qui parut à Jack une éternité avant de pouvoir se ranger sur une aire de stationnement. Holly avait les bras croisés, le visage dur, fermé. Elle semblait indifférente à ce qu'elle venait de faire. Dès que la voiture fut arrêtée, papy en sortit et, courant dans la neige, retourna à l'endroit ou LC s'était envolé par la fenêtre, dans l'espoir de le sauver.

– Papy va le retrouver, assura mamie, mais Jack ne la croyait pas.

Il essaya de sortir de la voiture pour aller chercher LC lui-même, mais mamie l'en empêcha. Jack se mit à pousser de grands cris. Il fallait qu'il retrouve LC. LC était le seul au monde à tout savoir de sa vie, celui qui l'écoutait toujours et ne changeait jamais. Il avait besoin de lui, il *fallait* qu'il le retrouve, et LC avait besoin de Jack car ils étaient les seuls à se comprendre l'un l'autre et voilà que maintenant, il était perdu quelque part sur l'autoroute, croyant que Jack l'avait abandonné pour toujours. Jack donnait des coups de pied dans le siège du conducteur avec des hurlements de rage, et essayait de frapper Holly à coups de poing.

– Jack ! s'exclama mamie, consternée. Calme-toi ! Nous allons retrouver LC !

Une voiture de police s'approcha et vint se ranger derrière eux. Le policier qui conduisait sortit de la voiture et vint demander à mamie pourquoi ils stationnaient à cet endroit. Elle le lui expliqua et le policier repartit. Papy, lui, n'était toujours pas revenu. Les voitures passaient en trombe à côté d'eux, de la neige tombait à nouveau et Jack, secoué de sanglots, regardait par la vitre arrière. Il ne pouvait chasser de son esprit l'image de LC s'envolant par la fenêtre, tout petit, tout doux, et terrifié tandis qu'il tournoyait dans les airs. Il fallait que papy le retrouve. Il le *fallait*.

Mais quand papy revint à la voiture, il regarda mamie dans les yeux et fit un petit signe de tête négatif, puis il se tourna vers Jack et dit :

– Désolé, mon grand. Je crois bien qu'il a disparu.

Jack se mit alors à hurler et à pleurer trop fort pour pouvoir entendre ce qu'on lui disait. Il ne supportait pas de sentir la voiture s'éloigner de l'endroit où se trouvait LC, perdu, ne comprenant rien, et se demandant pourquoi Jack ne venait pas le chercher. Ils retournèrent à la maison, Jack donnant de grands coups de poing dans la portière de la voiture, suppliant qu'on le laisse sortir pour aller chercher LC.

Lorsqu'ils furent de retour, Jack se mit à courir pour remonter la rue en direction de l'autoroute. Papy le rattrapa et, le portant ou le traînant à moitié, il le ramena à l'intérieur de la maison. Jack monta alors l'escalier quatre à quatre, se rua dans sa chambre et commença à jeter des objets en tous sens. Il attrapa tous les jouets qui se trouvaient à portée de main sur les étagères et les lança à travers la pièce. Il arracha les posters fixés aux murs. Il enleva tous les tiroirs. Il retourna même son bureau.

Mamie monta.

– Jack, arrête ! ARRÊTE ! Tu es si sage d'habitude !

Pour toute réponse, il prit sa corbeille à papier et la lança sur la fenêtre. Il espérait que la vitre se fracasserait sous le choc, mais elle résista.

– Ça suffit, jeune homme ! rugit papy qui venait d'apparaître sur le seuil de la porte, derrière mamie. Tu te calmes et tout de suite !

Il n'y avait plus grand-chose à jeter ou à casser, alors Jack se jeta lui-même sur son lit et refusa de bouger ou de dire un mot. Finalement, mamie et papy le laissèrent seul.

Tout au long de sa vie, quand il allait au lit, Jack avait tendu la main pour prendre LC. En cet instant, il avait même l'impression de sentir son petit corps moelleux, son ventre rempli de billes en plastique, ses pattes usées, si agréables pour essuyer les larmes. Il lui semblait même respirer son petit fumet de crasse si familier.

« Je te retrouverai, LC, se promit Jack la tête enfouie dans son oreiller baigné de larmes. J'irai te chercher quand tout le monde dormira. »

Au bout d'une heure, quand Jack eut pleuré toutes les larmes de son corps, il resta étendu sur son lit dans sa chambre saccagée et écouta les bruits de la maison. Il espérait entendre s'ouvrir la porte d'entrée. Si mamie appelait sa mère au travail et lui racontait ce qui s'était passé, elle reviendrait sûrement de bonne heure. Maman comprenait à quel point LC était important pour lui. Elle l'aiderait à le chercher. Mais la porte ne s'ouvrit pas.

À une heure de l'après-midi, papy vint frapper pour lui demander s'il voulait déjeuner. Jack cria : « Non ! » Un peu plus tard, mamie arriva à son tour et lui proposa de venir voir le nouvel ange au sommet du sapin. Jack cria : « Non ! » encore plus fort. Il entendit alors la porte d'entrée s'ouvrir puis se refermer. Pendant un instant de bonheur, il pensa que sa mère était peut-être revenue plus tôt, comme il l'avait espéré, mais en fait, il entendit quelqu'un sortir et s'éloigner de la maison le long de l'allée couverte de neige. Il se fichait de savoir qui c'était, ou pourquoi on était sorti. Il ne s'intéressait plus à Noël. Il ne s'intéressait qu'à LC.

12

Le Cochon de Noël

L'heure du thé était presque arrivée lorsqu'il entendit la porte du jardin grincer et des pas s'approcher dans l'allée. Espérant que c'était maman, il bondit de son lit et alla voir par la fenêtre, mais c'étaient seulement papy et Holly.

Peu après, on frappa à nouveau et la porte de la chambre s'ouvrit.

– Jack, dit papy, Holly voudrait te donner quelque chose.

Elle avait le visage gonflé et des traces de larmes sur les joues. Jack se redressa sur son lit, les yeux fixés sur le sac de papier kraft qu'elle tenait à la main. Pour lui, une seule chose pouvait réparer ce qu'elle avait fait. Ils avaient dû retourner sur l'autoroute pour y chercher LC. Et avaient dû le retrouver.

Pendant une fraction de seconde, Jack pensa qu'il avait bien deviné car, lorsque Holly plongea la main dans le sac, il entendit un bruissement de billes en plastique.

Mais l'espoir s'envola. Holly venait de sortir du sac un cochon tout neuf. Il avait la même taille que LC, était constitué du même tissu-éponge, mais il était bien rebondi et paraissait très content de lui avec son teint lisse d'un rose saumon et ses petits yeux noirs et brillants qui ressemblaient à deux minuscules insectes.

– Il est exactement pareil, assura papy. Holly est vraiment désolée, Jack. Elle l'a acheté pour toi avec son argent de poche.

– Je suis vraiment désolée, Jack, murmura Holly. Vraiment, vraiment désolée.

Voyant que Jack ne répondait pas, papy dit d'une voix faussement joyeuse :

– C'est un cochon de Noël. N'est-ce pas, petit cochon ?

Il prit la peluche des mains de Holly et agita une de ses pattes comme s'il faisait un signe à Jack.

– Tu vois, Jack ? Il t'aime déjà. Tu ne veux pas descendre nous rejoindre ? On prendra le thé et on regardera un film. Ensuite, on accrochera nos chaussettes. N'oublie pas ton nouveau vélo, Jack ! À l'heure qu'il est, le père Noël doit être en train de le charger sur son traîneau ! Allez, viens, mon garçon. Descends avec nous, amène ton cochon de Noël et nous ferons la paix.

Jack se leva lentement du lit et tendit une main pour prendre le cochon. Son contact, comme il s'y était attendu, était absolument insupportable : lisse et glissant au lieu d'être rugueux et usé. Jack détestait ses petits yeux noirs et brillants et ses petites oreilles roses et droites qui auraient dû être grises et de travers.

– Voilà un gentil garçon, dit papy.

En entendant ces mots, Jack fut pris de la pire crise de colère qu'il ait jamais eue. Ils avaient pensé qu'un cochon tout neuf serait pareil à LC, ce qui prouvait qu'ils n'avaient rien compris. LC était le seul LC qui existait au monde et ce nouveau cochon n'était rien… *rien*. Jack jeta par terre le Cochon de Noël et le piétina, puis il le ramassa en le tenant par une patte et le cogna, cogna, cogna avec violence contre l'armoire. Enfin, il prit sa tête entre ses doigts et tenta de l'arracher.

– Jack ! s'écria papy. Ça suffit !

Holly se précipita hors de la chambre. Jack jeta le Cochon de Noël à travers la pièce en visant l'armoire, puis se laissa à nouveau tomber sur le lit en criant et en donnant des coups de poing dans l'oreiller. Rien de ce que pouvait dire ou faire papy n'arrivait à le convaincre de descendre au salon. Il n'avait aucune envie d'aller accrocher sa chaussette. Il ne voulait pas être un gentil garçon. Il ne voulait pas d'un nouveau vélo. La seule chose au monde qu'il voulait, c'était LC.

Beaucoup, beaucoup plus tard, Jack entendit un grand remue-ménage au rez-de-chaussée. D'après ce qu'il pouvait entendre, Toby-le-chien s'en était encore pris au sapin, à la recherche des derniers morceaux de chocolat suspendus aux branches et, apparemment, il avait également dévoré le nouvel ange. Jack était content. S'il n'avait pas été aussi triste et furieux, il en aurait ri. Il aurait voulu gâcher complètement Noël, et peut-être qu'alors ils comprendraient tous ce qu'il ressentait à la pensée que LC était perdu quelque part sur une autoroute.

Mamie monta et lui fit mettre son pyjama. Jack se montra obéissant pour qu'elle ne soupçonne pas ce qu'il avait l'intention de faire. Il se coucha dans la chambre qu'il s'était efforcé de ravager, les posters déchirés entassés par terre, les tiroirs arrachés du bureau et le Cochon de Noël recroquevillé en un petit tas au pied de l'armoire, et il lui fit croire qu'il s'apprêtait à dormir. Enfin, mamie s'en alla.

Devant la fenêtre, la neige tournoyait dans le ciel qui s'obscurcissait et Jack attendait qu'un silence total tombe sur la maison. En temps normal, il aurait été fou de joie. Il aurait accroché sa chaussette avec maman et laissé une carotte pour Rudolphe le renne – mais pas cette fois-ci. Sa joie aurait été une trahison à l'égard de LC qui était beaucoup plus important que tout ce qui concernait Noël.

Lorsqu'ils seraient tous endormis, Jack se lèverait à nouveau, s'habillerait, se glisserait hors de la maison, retournerait sur l'autoroute et retrouverait son plus vieil ami.

13

La nuit des miracles et des causes perdues

Jack se rendit compte qu'il avait dû dormir pendant un certain temps, car il se réveilla dans une totale obscurité. Des gens parlaient dans sa chambre. Il pensa que mamie et papy étaient montés voir s'il allait bien. Il garda les yeux fermés pour leur faire croire qu'il continuait à dormir.

– On n'a encore jamais fait ça, dit une voix inquiète. Je ne sais pas si c'est possible.

– Bien sûr que si, c'est possible, répondit une deuxième voix. Le tout est de savoir si ce garçon est suffisamment courageux.

– Il est très courageux, mais c'est trop dangereux, assura une troisième voix, qui semblait âgée et rauque. J'ai déjà connu ça de nombreuses fois, je sais de quoi je parle.

– Moi aussi, je suis passé par là, dit une quatrième voix.

La plupart d'entre nous ont été dans ce cas, à un moment ou à un autre.

– Pas moi, dit une cinquième voix, grave et lente.

– Toi, bien sûr que non, répliqua la première voix. Tu es trop grosse. Je parle de nous, les petits Objets.

Jack ne reconnaissait aucune de ces voix et il commençait à avoir peur. Qui étaient tous ces gens ? Il ne voulait pas ouvrir les yeux par crainte que ces inconnus s'aperçoivent qu'il était éveillé.

– Si ça se fait, il faut que ce soit cette nuit, dit la deuxième voix. Je vais le réveiller.

Le chœur des autres voix murmura aussitôt sa désapprobation, mais Jack était surtout inquiet de l'étrange sensation qu'il éprouvait : il avait l'impression que quelque chose grimpait sur son lit. Il sentait qu'on tirait sur sa couette ; c'était quelque chose de pas très grand, de la taille d'un chaton. Il entendait aussi le bruissement de... petites billes en plastique glissant les unes contre les autres. Mais, avant qu'il puisse se décider à réagir, il sentit qu'on lui touchait la joue.

Terrifié, Jack écarta la créature d'un violent revers de main et l'entendit s'écraser contre l'armoire. La voix grave et lente fit « aïe ! » et la deuxième voix ajouta :

– J'en ai assez de prendre des coups !

Jack chercha à tâtons l'interrupteur de sa lampe de chevet et l'actionna. Clignant des yeux, il regarda autour de lui. Il n'y avait personne. Le Cochon de Noël était étendu par terre, au pied de l'armoire.

Jack était persuadé que c'était lui qu'il venait de frapper. Mais il ne s'attendait quand même pas à le voir se relever, mettre ses pattes sur ses hanches et déclarer :

– Si tu me tapes dessus encore une fois, espèce d'horrible petit humain, je refuserai de t'aider.

Jack était tellement stupéfait et effrayé qu'il fut incapable de bouger. Il se souvenait que sa mère lui avait dit un jour que le meilleur moyen de savoir si on rêve ou pas est de se pincer. Il essaya de se pincer la jambe et éprouva une douleur bien réelle.

– Tu sais parler, maintenant ? murmura Jack.

– Tu as l'esprit vif, répliqua le Cochon de Noël, visiblement en colère.

– Jack a l'esprit *très* vif, dit la voix rauque.

Elle provenait d'une vieille petite voiture toute cabossée, de la taille d'une boîte d'allumettes, qui avait appartenu autrefois au père de Jack. Son capot s'ouvrait et se refermait quand elle parlait et ses phares s'étaient transformés en une paire d'yeux.

– Ne sois pas désagréable avec lui. Tu ne sais pas tous les ennuis qu'il a eus.

– Moi aussi, j'ai eu des ennuis, répondit le Cochon de Noël. Au cas où tu l'aurais oublié, il a essayé de m'arracher la tête. Et moi, je lui propose de l'aider – à certaines conditions, bien sûr.

Comme s'il n'était pas suffisamment bizarre de voir un cochon en peluche et une voiture miniature se mettre à parler, Jack s'aperçut que de nombreux autres objets, dans la chambre, avaient à présent une bouche et des yeux, comme la petite voiture. L'armoire elle-même avait de gros yeux marron, là où on voyait en temps normal des nœuds dans le bois, et une bouche avait remplacé le trou de la serrure. La corbeille à papier était dotée de deux petits yeux au bout de tiges en fer-blanc, un peu comme des cornes d'escargot. Des bras avaient même poussé à certains objets, de petits bras en métal filiformes sur sa corbeille et de grosses pattes molles en laine sur son tapis. C'était assez extraordinaire à voir, mais surtout terrifiant.

– Il faut l'avertir des dangers qu'il va courir, disait la voiture miniature au Cochon de Noël. Sinon, il ne saura pas à quoi il s'engage, s'il accepte.

Il y eut un murmure d'approbation de la part de tous les Objets présents dans la chambre.

– Je ne savais pas, dit Jack, retrouvant enfin sa voix, je ne savais pas que les Objets pouvaient… parler.

Ce qu'il voulait vraiment dire, c'était : « Je ne savais pas que vous pouviez ressentir quelque chose. » Un peu plus tôt, il s'était montré très brutal avec tous ces Objets, surtout avec le Cochon de Noël.

– C'est seulement en cette nuit très particulière que nous pouvons parler au pays des Vivants, expliqua le Cochon de Noël. Tu sais bien de quelle nuit il s'agit, n'est-ce pas ?

– La nuit de Noël, dit Jack.

– Exactement, approuva le cochon. Cela signifie qu'il y

a une chance – cette nuit et aucune autre, car il nous serait impossible de le faire à un autre moment – pour que nous puissions retrouver ton cochon.

– Je sais, répondit Jack en rejetant sa couette, qui était une des rares choses dans la pièce à n'avoir pas d'yeux et à ne pas pouvoir parler. Je retourne sur l'autoroute.

– Ça ne marchera pas, affirma le Cochon de Noël. LC se trouve maintenant au pays des Choses perdues et si tu veux le sauver, tu devras aller le chercher là-bas et le ramener chez toi.

– Ça n'existe pas, le pays des Choses perdues, dit Jack d'un ton dédaigneux. C'est toi qui l'as inventé.

La plupart des Objets de la chambre se mirent alors à parler en même temps : la boîte de mouchoirs, ses deux pantoufles et même l'abat-jour qu'il avait rapporté de son ancienne maison. C'était bizarre et terrifiant et Jack ne savait pas ce qui l'effrayait le plus : les Objets eux-mêmes ou le risque que mamie et papy soient réveillés par tout ce bruit et l'empêchent de sortir de la maison pour aller chercher LC.

– Je vais t'expliquer ! dit de sa voix rauque la petite voiture et, bien qu'elle fût l'un des plus petits Objets de la pièce, les autres firent silence, peut-être parce qu'elle était aussi l'une des plus anciens.

Le modèle réduit s'avança sur ses roues rouillées et s'adressa directement à Jack :

– Le pays des Choses perdues est l'endroit où vont les

Objets quand on les perd, dit-il. C'est un endroit étrange et terrible qui a ses propres lois, très particulières. J'y suis allé bien des fois. Ton père ou toi, vous m'avez perdu si souvent !

– Désolé, répondit Jack, mal à l'aise.

Il était vrai que souvent, il avait oublié l'endroit du jardin où il avait joué pour la dernière fois avec la petite voiture et c'est pourquoi elle était écaillée et rouillée.

– Vous avez toujours fini par me retrouver, poursuivit le modèle réduit et donc, Dieu merci, le Grand Perdeur ne m'a jamais attrapé.

– Le quoi ? s'étonna Jack.

– Le Grand Perdeur, répéta la petite voiture. Il règne sur le pays des Choses perdues. C'est à cause de lui que les Objets tombent des poches alors qu'on les croyait bien à l'abri. C'est lui qui t'embrouille l'esprit pour que tu oublies où tu as posé ton stylo. Le Grand Perdeur aimerait bien attirer définitivement dans son royaume tous les Objets qui appartiennent aux humains. Il déteste les vivants et il déteste leurs Objets au point qu'il les torture et les dévore.

– Le Grand Perdeur va dévorer LC ? murmura Jack, terrorisé.

– Non, pas tant que LC se soumettra aux lois du pays des Choses perdues, répondit la petite voiture. Ce sont ceux qui défient la loi que le Grand Perdeur a le droit d'attraper et de dévorer. Malheureusement, c'est le Grand Perdeur lui-même qui fait les lois, et parfois, il triche.

– Il faut que je sauve LC ! s'exclama Jack. Comment puis-je faire pour aller au pays des Choses perdues ?

– Tu ne le peux pas – ou en tout cas pas tout seul, répondit le Cochon de Noël. Tu es un humain et c'est un pays d'Objets. En tout cas, ça marche comme ça en général. Mais la nuit de Noël est la nuit des miracles et des causes perdues. Si tu aimes suffisamment LC pour risquer ta vie, alors je suis prêt à t'emmener au pays des Choses perdues et nous verrons si nous pourrons le ramener à la maison.

– Je l'aime suffisamment, assura Jack. Je l'aime tant que je suis prêt à tout pour le retrouver.

– Très bien, dit le Cochon de Noël. Mais je t'aiderai à une condition. Quand nous aurons retrouvé LC et que nous l'aurons ramené à la maison, je veux que tu me rendes à la fille qui m'a acheté.

– Pourquoi ? s'étonna Jack.

– Parce que je l'aime bien, répondit-il. Elle ne m'a pas piétiné, elle.

La vieille voiture commença à dire quelque chose, mais le Cochon de Noël lui lança un regard mauvais et la voiture se tut.

– Elle ne me reprendra pas tant qu'elle ne sera pas sûre que tu as retrouvé LC et que vous êtes heureux tous les deux. Alors, marché conclu ?

– Marché conclu, dit aussitôt Jack.

Il n'aimait pas le Cochon de Noël, mais il savait qu'il avait besoin de lui.

– Tu devrais mettre quelque chose d'autre que ce pyjama, lui conseilla le cochon. Et n'oublie pas tes pantoufles.

Mais Jack n'avait pas l'intention de laisser le nouveau cochon lui dicter ce qu'il devait faire et d'ailleurs, il lui semblait trop étrange de mettre ses pieds dans des Objets qui le regardaient en clignant des yeux. Aussi répondit-il :

– Je suis très bien comme ça. Et maintenant, emmène-moi au pays des Choses perdues.

14

Rétréci

Au moment où il prononçait ces mots, Jack éprouva une étrange sensation au creux de l'estomac. C'était comme s'il descendait très vite dans un ascenseur. En même temps, le lit et les couvertures sur lesquels il était allongé se mirent à grandir si rapidement qu'il ne voyait plus le sol. Pris de panique, il essaya de se relever, mais trébucha sur un pli du drap et tomba de tout son long, tête la première.

Quelques secondes plus tard, Jack s'aperçut que le lit n'avait pas grandi du tout. C'était lui qui avait rétréci. Lorsqu'il parvint à se relever, les plis des draps ressemblaient à des amas de neige géants. Penser qu'on pouvait rétrécir comme ça, en prononçant simplement quelques mots, lui parut terrifiant et Jack était vraiment soulagé que sa couette ne soit pas devenue vivante, sinon elle aurait pu le tuer en l'étouffant si elle l'avait voulu.

La voix du Cochon de Noël monta du sol.

– Laisse-toi glisser sur le coin de la couette, dit-il, c'est très facile !

Ce n'était pas vrai, mais Jack fit de son mieux et, après une descente effrayante qui se conclut par un saut dans le vide d'une belle hauteur, il atterrit à côté du Cochon de Noël. Ils étaient à présent exactement de la même taille : vingt centimètres.

– Eh bien, au revoir, tout le monde, dit le Cochon de Noël qui se dirigea vers la porte de la chambre. Content d'avoir fait votre connaissance.

Certains Objets essayèrent de les retenir.

– Réfléchissez un peu ! dit un petit requin en plastique que Jack avait acheté au Centre de la vie marine, et qui frappait le sol de ses nageoires. Réfléchis à ce que tu fais, Cochon !

– J'ai déjà réfléchi, merci, répondit celui-ci en poussant le bas de la porte qui s'ouvrit d'un coup.

– Aucun enfant vivant n'est jamais entré au pays des Choses perdues, se lamenta un petit robot que Jack avait un jour reçu en cadeau avec un hamburger et qu'il avait jeté contre le mur un peu plus tôt.

– Il y a un début à tout, répliqua le Cochon de Noël tandis que Jack et lui s'avançaient sur le palier.

– Jack, il ne t'a pas dit que…, commença un pantalon tombé d'un des tiroirs, mais le Cochon de Noël avait glissé ses pattes sous la porte, où il y avait un espace de deux centimètres de hauteur, et il tira pour la refermer.

– Ils sont vraiment très ennuyeux, tes Objets, dit-il à Jack. Allez, viens.

Pensant que le Cochon de Noël était vraiment très malpoli et que Holly et lui étaient faits pour s'entendre, Jack le suivit jusqu'à l'escalier et l'imita lorsqu'il le vit se laisser glisser de chaque marche sur la suivante. La rampe paraissait aussi haute qu'un gratte-ciel, à présent que Jack était si petit. Elle projetait des ombres effrayantes sur le garçon et le cochon à mesure qu'ils descendaient.

– Pourquoi l'escalier ne parle pas ? demanda Jack tandis qu'il se laissait tomber d'une marche sur la suivante. Et ma couette, pourquoi elle ne parle pas non plus ?

– Certains Objets ne sont pas suffisamment éveillés pour parler, même la nuit de Noël, répondit le cochon. Ta couette est neuve ?

– Oui, dit Jack.

– Alors, elle n'a pas encore eu le temps de s'imprégner de toi. C'est ça qui éveille les Objets. À force d'être utilisés, ils absorbent les sentiments humains. Mais les Objets comme les murs ou les escaliers sont tellement évidents aux yeux des humains qu'ils n'ont pas l'occasion de s'éveiller.

– Toi aussi, tu es neuf, fit observer Jack. Et tu es très éveillé.

« Et même un peu trop », pensa-t-il sans le dire.

– Je suis un cas particulier, expliqua le Cochon de Noël.

Jack pensa qu'il se vantait et que ce n'était pas du tout le genre de remarque que ferait LC, car LC ne se mettait jamais en avant, lui.

– Maintenant, il faut qu'on décide du meilleur endroit pour se perdre, reprit le Cochon de Noël. C'est plus difficile que tu ne pourrais le penser quand on veut le faire exprès. Tu as une idée ?

– C'est aussi simple que ça pour arriver là-bas ? s'étonna Jack. Il suffit de se perdre ?

– Oui, mais ce sera difficile car tu dois très bien connaître cette maison.

– Ce sera peut-être plus facile dans le jardin, proposa Jack. Surtout maintenant que je suis tout petit. Nous pourrions traîner une chaise jusqu'à la porte de derrière, grimper jusqu'à la serrure et l'ouvrir.

– Bonne idée, approuva le Cochon de Noël.

Ils venaient d'arriver en bas de l'escalier.

– De quel côté on va ?

Jack conduisit le Cochon de Noël le long du couloir obscur en direction de la cuisine, un couloir bien long quand on ne mesurait que vingt centimètres de haut. Par chance, il y avait un grand espace sous la porte qui donnait accès à la cuisine. Tous deux se mirent à plat ventre et parvinrent à ramper dessous en se tortillant.

– Excellent, commenta le Cochon de Noël. Maintenant, si nous parvenions à pousser cette chaise vers…

Mais il ne termina pas sa phrase. Un gigantesque animal à quatre pattes venait de se dresser devant eux : un monstre aux longues dents jaunâtres, le poil hirsute et les yeux étincelants. Avec un aboiement caverneux,

le monstre se jeta sur le Cochon de Noël, dérapant sur le linoléum et parvenant presque à l'attraper entre ses puissantes mâchoires.

– Sauve-toi, sauve-toi ! cria le cochon qui retourna en courant vers la porte.

Jack le suivit. Il sentait sur sa nuque l'haleine fétide de Toby-le-chien et entendait le crissement de ses griffes sur le sol. Jack et le Cochon de Noël plongèrent à plat ventre sous la porte et se retrouvèrent dans le couloir.

– Tu aurais dû me prévenir qu'il y avait un chien ! dit le cochon d'une voix pantelante alors que Jack et lui, toujours allongés par terre, essayaient de reprendre leur souffle.

– J'ai oublié ! dit Jack. D'habitude, il n'habite pas ici !

Toby-le-chien gémissait et grattait de l'autre côté de la porte, s'efforçant de les attraper.

– Alors, il va falloir passer par la porte de devant, reprit le Cochon de Noël qui se releva et s'épousseta. Viens.

Mais au même moment, Toby-le-chien se jeta contre la porte de la cuisine avec une telle force qu'elle s'ouvrit à la volée.

Jack et le cochon remontèrent le couloir en courant, poursuivis par Toby-le-chien qui glissait et dérapait sur le parquet. Il les pourchassa dans le salon obscur et Jack et le cochon se précipitèrent sous le canapé.

La truffe noire et luisante de Toby-le-chien apparut entre le parquet et le bas du canapé, reniflant avec force pour essayer de les faire sortir. Il laissait échapper des gémissements sonores et Jack eut peur que le chien n'abandonne pas tant qu'ils resteraient là.

– Si on rampait derrière le sapin, murmura Jack au Cochon de Noël, on pourrait sortir sans bruit pendant qu'il croit qu'on est encore là et retourner dans la cuisine.

Le Cochon de Noël approuva d'un signe de tête. Se tenant le ventre pour empêcher les billes de plastique qui le remplissaient de faire du bruit, il suivit Jack à l'autre bout du canapé, là où était le sapin de Noël. Ses guirlandes électriques constituaient la seule source de lumière de la pièce. Jack était si petit à présent que les paquets rassemblés sous le sapin se dressaient dans la pénombre comme des maisons jetées pêle-mêle.

Toby-le-chien continuait de renifler et de donner des coups de patte à l'autre bout du canapé. Lentement, précautionneusement, Jack sortit en rampant et entreprit d'escalader les cadeaux. L'un d'eux était entouré d'un ruban rouge vif, ce qui était parfait car Jack pouvait s'y accrocher avec ses pieds nus, mais un autre était emballé dans un papier bleu, orné de flocons de neige argentés, qui se déchira un peu lorsque Jack s'y agrippa ; à l'intérieur, il y avait une grosse boîte de Lego et Jack était sûr qu'elle venait de son père. Au-dessus de lui, les lumières électriques, qui lui avaient semblé si minuscules lorsque sa mère les avait installées sur le sapin, lui paraissaient à présent énormes et éblouissantes. Lentement, il grimpa vers le sommet du tas de cadeaux jusqu'à ce qu'il atteigne le plus grand d'entre eux, enveloppé dans un papier doré et brillant. S'il parvenait à s'avancer jusqu'à l'autre extrémité, il pourrait sortir de sous le sapin – mais il glissa ! Le papier était si lisse que ses pieds dérapèrent. Incapable de trouver quelque chose à quoi se raccrocher, Jack tomba dans une crevasse qui avait l'air d'un ravin obscur, maintenant qu'il ne mesurait plus que vingt centimètres. Il essaya d'en sortir, mais il se trouvait entre deux cadeaux gigantesques dont les flancs n'offraient aucune prise.

– Où es-tu ? murmura le Cochon de Noël.

Une seconde plus tard, cependant, lui aussi avait glissé au bas du paquet enveloppé de papier doré et il atterrit sur Jack.

– Oh, non ! se lamenta celui-ci, tandis qu'ils entendaient Toby-le-chien se ruer vers le sapin. Tu fais trop de bruit avec tes billes en plastique !

– Où se trouve la cuisine ? s'écria le Cochon de Noël alors que les grognements du chien se rapprochaient.

– Je ne sais pas, répondit Jack d'un ton désespéré. Je suis perdu !

DEUXIÈME PARTIE

La salle des Égarés

15

Sous l'arbre

Dès qu'il eut prononcé le mot « perdu », il n'y eut plus rien sous les pieds de Jack. Il tombait – ou plutôt, il sombrait lentement – là où aurait dû se trouver le parquet. C'était comme s'il était englué dans une épaisse substance qu'il ne pouvait ni sentir ni voir. Les lumières des guirlandes avaient disparu : tout était d'un noir d'encre.

– Cochon de Noël ? appela Jack, pris de panique.

– Je suis là, répondit sa voix dans les ténèbres. Ne t'inquiète pas ! C'est comme ça qu'on entre au pays des Choses perdues. Il y aura de la lumière dans un instant !

Et en effet, quelques secondes plus tard, Jack vit à nouveau le Cochon de Noël. Tout comme lui, il tombait en flottant dans le vide. Leur environnement s'éclaira peu à peu et Jack s'aperçut que chacun d'eux s'enfonçait dans une colonne de lumière dorée. Au-dessus de leur tête, il y avait deux trous bien ronds dans un plafond de bois dont il pensa qu'il devait être le plancher du monde qu'ils avaient quitté – son monde, celui où vivait sa mère, celui où se trouvait tout ce qu'il avait connu jusqu'alors.

Ils sombraient, sombraient, sombraient et Jack remarquait à présent que lui et le Cochon de Noël étaient loin d'être les seuls à tomber lentement le long de leurs colonnes de lumière. Il y avait des milliers et des milliers d'Objets tout autour d'eux. Débarrassé de la pesanteur, Jack pouvait se tourner et se retourner et, quelle que soit la direction dans laquelle il regardait, il voyait tomber d'autres Objets.

Tout près de lui, il y avait une cuiller à café, une boule de Noël d'un rouge vif, un sifflet à ultrasons, une paire de fausses dents, une marionnette à gaine, une pièce de monnaie brillante, une longue guirlande, un appareil photo, un tournevis, un billet d'avion, des lunettes de soleil, une chaussette dépareillée, un ours en peluche et un rouleau de papier cadeau orné de rennes.

– Ça paraît incroyable, n'est-ce pas ? lança le papier cadeau en s'adressant à Jack.

L'un des rennes, à sa surface, parlait et clignait des yeux.

– La troisième fois qu'elle me perd, ce soir ! J'ai roulé sous le radiateur… Et lui, il panique… Il s'y est pris trop tard pour les paquets cadeaux, comme d'habitude !

Le rouleau de papier avait à peine prononcé ces mots

qu'il changea de direction et remonta vers le trou qu'on voyait dans le plafond. Avant de disparaître au loin, le papier cadeau cria :

– Ouais ! Elle m'a retrouvé ! Bonne chance ! J'espère que toi aussi, tu remonteras bientôt Là-Haut !

Jack ne répondit pas. Il était trop abasourdi par ce qui se passait tout autour, et surtout par ce qu'il voyait sur le sol, au-dessous de lui. D'abord, il crut qu'il s'agissait d'un tapis aux multiples couleurs mais, à mesure qu'il s'enfonçait, il comprit que le tapis était en fait composé de millions d'Objets. Effrayé, il scruta le sol à la recherche du Grand Perdeur, mais comme il ne savait pas à quoi il ressemblait, il aurait été bien incapable de dire s'il était là ou pas. Plus Jack tombait, plus il y avait de bruit : les Objets sur le sol bavardaient, tintaient, cliquetaient, bruissaient jusqu'à produire un vacarme assourdissant.

Alors que leur environnement devenait de plus en plus clair, Jack s'aperçut qu'il était arrivé dans un gigantesque bâtiment semblable à un hangar, avec d'immenses murs de briques et un nombre incalculable de trous percés dans le plafond de bois. Les Objets qui étaient arrivés sur le sol, les balles de caoutchouc, les journaux intimes, les pinces à clip, les mètres rubans, les appareils photo, les stylos, les porte-monnaie, étaient en train de jacasser, réunis par groupes. Jack était tellement fasciné par tout ce qu'il voyait que l'atterrissage le prit par surprise. Ses pieds nus touchèrent un sol de bois tiède et le Cochon de Noël se posa à côté de lui, dans l'espace qui séparait, à la manière d'un chemin, un monceau de clés tintinnabulantes et une armée de parapluies froufroutants.

– Nous aurons besoin d'un ticket, dit brusquement le cochon. Viens.

Il emmena Jack le long du chemin qui séparait les clés d'un côté et les parapluies de l'autre. Ils passèrent devant un couteau, une broche à rôtir et une longue aiguille à tricoter. Jack comprit que ces trois Objets étaient importants, car chacun d'eux portait un chapeau noir et pointu sur lequel étaient inscrites les lettres GP et qui restait tant bien que mal en équilibre sur leur extrémité supérieure tandis qu'ils avançaient en sautillant. Les Objets à chapeau patrouillaient au bord du chemin pour s'assurer que les autres demeuraient dans leurs groupes et laissaient la voie libre aux nouveaux arrivants.

– Ceux-là, on les appelle les régulateurs de perte, murmura le Cochon de Noël à l'oreille de Jack. J'ai entendu parler d'eux par des Objets qui sont déjà venus ici. Ce sont les valets du Grand Perdeur. Ils sont chargés de faire respecter ses lois et, en échange, il ne les dévore pas.

Une paire de longues boucles d'oreilles en diamant avaient à présent atterri devant Jack et le Cochon de Noël. Elles étaient si étincelantes que Jack dut plisser les paupières pour les regarder.

– Qui est le responsable, ici ? s'écria l'une des boucles d'oreilles d'une voix impérieuse.

– Nous avons une très grande valeur ! s'exclama sa jumelle. Il faut qu'on s'occupe de nous !

– Du calme, mesdames, répondit la voix rauque d'une balle de tennis qui bondissait à côté de Jack et du Cochon de Noël.

La balle semblait avoir été mâchonnée par un chien et dégageait une forte odeur.

– Je suis bien souvent passée par là, bien souvent. Ça a l'air très désordonné mais, en fait, ils sont bien organisés.

Les boucles d'oreilles parurent offensées qu'un Objet aussi dégoûtant leur adresse la parole.

– Je crois que nous ne sommes pas au bon endroit ! s'écria la première qui brillait de tous ses feux en cherchant autour d'elle quelqu'un qui puisse les aider.

– Où vont les Objets *précieux* ? demanda vivement sa sœur.

Mais personne ne leur répondit. À leur droite, les clés ne cessaient de crier, en direction du lointain plafond percé de trous, des phrases comme : « Je suis dans ton autre veste, espèce d'idiot ! » ou : « Tu m'as encore laissée dans la serrure ! » Les parapluies étaient moins bruyants et plus tristes. Jack en entendit un, vieux et noir, qui disait : « Cette fois, j'ai bien l'impression que c'est la fin. Il m'a oublié dans le train. Il va sans doute en acheter un nouveau… »

Un ouvre-boîte coiffé d'un chapeau noir s'approcha, marchant sur des jambes de métal. Il avait une petite boîte accrochée au cou et de fins bras métalliques sous sa poignée.

– Tickets ! annonça-t-il. Les nouveaux, venez prendre vos tickets ici !

– Laisse-moi lui parler, dit le Cochon de Noël à Jack mais, avant qu'il ait pu demander un ticket, les boucles d'oreilles en diamant passèrent devant lui en le bousculant.

– Nous ne sommes pas au bon endroit ! dit la première.

– Où vont les Objets *importants* ? demanda la seconde.

– Les bijoux, c'est là-bas, devant le mur ouest, répondit l'ouvre-boîte en montrant la bonne direction. Mais il vous faut d'abord un ticket. Voilà...

Il détacha deux tickets bleus de la petite boîte accrochée à son cou et en donna un à chaque boucle d'oreille.

– Mur ouest, répéta-t-il en voyant qu'elles ne bougeaient pas.

– Je crois que vous n'avez pas bien compris, dit la première boucle. Nous sommes en *diamant véritable.*

– Vous ne pouvez pas nous mettre avec une bande de perles en plastique, dit l'autre boucle. Il y a sûrement un endroit prévu pour les Objets de valeur.

– Allez attendre dans votre secteur, répliqua sèchement l'ouvre-boîte. Ici, le diamant ou le plastique, c'est la même chose. On saura bientôt combien vous valez vraiment, Là-Haut.

Manifestement offensées, les boucles d'oreilles se dirigèrent vers le mur ouest en se tortillant.

Le régulateur de perte donna également un ticket bleu à la balle de tennis.

– Les jouets pour chien, c'est là-bas, entre les baskets et les manuels scolaires.

La balle s'éloigna en bondissant. L'ouvre-boîte se tourna alors vers Jack et le Cochon de Noël.

– Vous aussi, vous venez d'arriver ?

– Oui, nous avons été perdus ensemble, répondit le cochon. Nous sommes tombés de la poche d'un petit garçon.

– Ah, les enfants ! s'exclama l'ouvre-boîte avec dédain en détachant deux autres tickets bleus qu'il donna à Jack et au Cochon de Noël. Ils sont responsables de la moitié des pertes d'Objets, ces petites brutes insouciantes. Quand c'est plus calme ici, on les entend pleurer Là-Haut. Ils feraient mieux de ne pas lâcher leur ours en peluche s'ils ne veulent pas que le Grand Perdeur le dévore, vous ne croyez pas ?

– Sans doute, approuva le Cochon de Noël.

– Une belle fabrication, ajouta l'ouvre-boîte en regardant Jack. Tous les détails y sont.

– Merci, dit Jack, un peu inquiet.

– Les jouets d'enfants sont regroupés devant le mur nord, précisa l'ouvre-boîte. Vous aurez besoin de quelqu'un pour vous emmener, c'est trop loin pour y aller à pied.

Il émit un sifflement strident et un vieux patin à roulettes fonça vers eux le long du chemin. Comparé à Jack et au Cochon de Noël, il avait la taille d'une voiturette de golf. Ils grimpèrent à l'intérieur et leur tête dépassait juste assez pour qu'ils puissent voir par-dessus le bord de la chaussure.

Le patin à roulettes s'éloigna bruyamment en direction de l'endroit où attendaient les jouets et Jack ressentit un frisson d'excitation ; d'un moment à l'autre, il allait revoir LC !

16

La salle des Égarés

Ils passèrent en trombe devant des cartes à jouer, des chaussons de bébé, du baume pour les lèvres, des boîtes de crayons et, pendant tout ce temps, des milliers et des milliers d'autres Objets perdus descendaient en flottant à l'intérieur des colonnes de lumière projetées par les trous percés au-dessus d'eux.

Comme ils approchaient du centre du hangar, Jack vit une énorme horloge à quatre faces qui était posée sur un grand pilier afin que tous les Objets puissent la voir, quel que soit l'endroit où ils se tenaient dans l'immense bâtiment. Jack avait pensé qu'il s'agissait d'une horloge, mais il s'aperçut très vite qu'elle n'avait qu'une seule aiguille et pas de chiffres. Les couleurs de l'arc-en-ciel entouraient chaque cadran et l'aiguille unique s'apprêtait à quitter le jaune pour passer au vert.

– Je croyais que le pays des Choses perdues était effrayant, dit Jack au Cochon de Noël.

Le gigantesque hangar était sans nul doute bruyant et désordonné, mais Jack n'avait pas peur.

– Nous ne sommes pas encore sortis, répondit le cochon.

– Nous n'avons pas besoin de sortir, dit Jack. Tu as entendu l'ouvre-boîte. LC doit être près du mur nord, avec les autres jouets.

– Sûrement pas, affirma le cochon. Il y a trop longtemps qu'il a été perdu. J'ai entendu raconter tout ça par les clés du magasin où j'ai été acheté. Elles sont souvent venues ici. Cet endroit s'appelle la salle des Égarés. C'est là qu'arrivent les Objets qui ne sont pas perdus à proprement parler. Un humain peut avoir posé un Objet pendant quelques minutes en oubliant où il l'a mis, par exemple. Les Objets ont le droit de rester dans la salle des Égarés pendant une heure, pour leur donner une chance d'être retrouvés avant de devoir sortir dans le domaine du Grand Perdeur.

– Alors, LC est dehors, là où se trouve le Grand Perdeur ? demanda Jack, son sentiment d'excitation s'évanouissant soudain.

– Oui, assura le Cochon de Noël. Et ne t'inquiète pas. Du moment qu'il respecte la loi, il ne devrait pas avoir d'ennuis.

– Mais ma petite voiture a dit que c'était le Grand Perdeur qui faisait les lois et qu'il trichait !

– C'est vrai, admit le cochon. Mais LC est intelligent et raisonnable. Je suis sûr qu'il ne fera pas de bêtises.

– Comment sais-tu qu'il est intelligent et raisonnable ? demanda Jack.

– Parce que nous sommes frères, expliqua le Cochon de Noël.

– Mais tu ne l'as jamais rencontré !

– Ça n'a pas d'importance. Il est mon frère et je suis le sien. Nous sommes pareils.

– Vous n'êtes pas du tout pareils, protesta Jack, de peur que le cochon ne lui suggère de rentrer à la maison et de le garder à la place de LC.

– Non, reconnut-il. J'avais oublié : il y a quelque chose en moi qui te donne envie de m'arracher la tête.

– Je t'ai dit que je le regrettais, fit remarquer Jack.

– Non, tu n'as rien dit du tout, répliqua le Cochon de Noël.

– Très bien, alors je te le dis maintenant : je suis désolé d'avoir fait ça, affirma Jack.

Ils restèrent silencieux un moment. Le patin à roulettes passa devant une vaste étendue couverte de livres empruntés à des bibliothèques, leurs pages bruissant du récit des différentes façons dont ils avaient été perdus.

– Il me semble que je vois des jouets ! dit enfin Jack.

Devant eux se pressaient, dans un espace immense de la taille de cinq terrains de football, des poupées, des dinosaures en plastique, des petites voitures, des cordes à sauter, des yoyos, des jeux de cartes, des pièces de puzzle et des dominos : tous les jouets imaginables. Et même si le Cochon de Noël l'avait prévenu que LC ne serait pas là, Jack ne pouvait s'empêcher d'espérer voir ses oreilles de travers et ses yeux en boutons, mais il n'y avait aucune trace de lui.

– Ce qu'il faut, dit le Cochon de Noël, alors que leur patin à roulettes ralentissait, c'est trouver deux jouets qui soient prêts à échanger leurs tickets avec les nôtres.

– Pourquoi ? s'étonna Jack.

– Parce que, comme ça, nous pourrons entrer au pays des Choses perdues sans avoir à attendre une heure, expliqua le cochon. Ça ne devrait pas être difficile. Tout le monde veut rester ici le plus longtemps possible parce que le Grand Perdeur ne peut rien contre les Objets qui sont dans la salle des Égarés.

Le patin à roulettes s'arrêta, les laissa descendre et repartit très vite. Près de l'endroit où ils se trouvaient, il y avait un monstre à deux têtes qui pleurait dans ses mains. Il avait une couleur marron, la peau bosselée, et une petite princesse en plastique vêtue d'une robe rose et coiffée d'une tiare s'efforçait de le consoler.

– Je n'arrive pas à croire qu'il ne m'ait pas retrouvé ! sanglotait le monstre. Maintenant, j'imagine qu'il dort comme une souche en rêvant des nouveaux jouets qu'il va recevoir pour Noël et moi... je vais me faire dévorer par le Grand Perdeur !

– Allons, il faut garder le moral, disait la princesse. Il a encore le temps de te retrouver.

– Demande à ces deux-là d'échanger leurs tickets contre les nôtres, murmura le Cochon de Noël à l'oreille de Jack. Mais ne leur dis pas pourquoi. Ils vont trouver très étrange que nous ayons hâte de quitter la salle des Égarés. Vas-y, tu as l'air d'une figurine articulée, ils ne se méfieront pas.

– Quelle raison dois-je leur donner pour vouloir l'échange ? demanda Jack, inquiet.

Le Cochon de Noël réfléchit intensément, le groin plissé.

– Dis à la princesse que tu la trouves très jolie, suggéra-t-il, et que tu voudrais la protéger du Grand Perdeur, et que tu es d'accord pour échanger les tickets, ce qui lui permettra de rester un peu plus longtemps en sécurité.

Jack devint tout rouge.

– Je ne dirai jamais ça !

– Alors, je le ferai pour toi, dit le cochon d'un ton agacé.

Il prit le ticket des mains de Jack et s'avança à grands pas vers la princesse et le monstre à deux têtes, les billes de son ventre crissant au rythme de ses pas. Jack entendit ce qu'il disait :

– Princesse, mon camarade a remarqué que vous étiez dans la détresse, votre ami et vous-même. Comme c'est une figurine très galante…

Au même instant, un diable jaillit brusquement de sa boîte, ce qui provoqua des cris de terreur parmi les nombreux Objets rassemblés à proximité. Jack en fut ravi car tout ce bruit l'empêcha d'entendre les choses très gênantes que disait à la princesse en plastique le Cochon de Noël, qui revint bientôt auprès de lui, tenant dans sa patte deux tickets verts et non plus bleus. Par-dessus l'épaule du cochon, Jack vit le monstre à deux têtes qui lui envoyait des baisers. Il sentit ses joues s'enflammer et se détourna.

– La princesse a dit qu'elle n'avait pas besoin d'être protégée et qu'elle avait hâte de partir à l'aventure, raconta le Cochon de Noël, mais le monstre l'a convaincue d'accepter l'échange. Il voulait t'embrasser, mais je lui ai expliqué que tu étais trop timide.

– Très bien, marmonna Jack en prenant son nouveau ticket.

– Avec ces tickets-là, on devrait pouvoir sortir d'un moment à l'autre, dit le cochon. Ah !

Il pointa sa patte vers l'étrange horloge au sommet du pilier. Son aiguille passait du jaune au vert. Jack comprenait à présent que lorsque l'aiguille du compteur de temps indiquait une autre couleur, tous ceux qui avaient un ticket de cette couleur-là devaient quitter la salle des Égarés.

– Allons-y, dit le Cochon de Noël tandis qu'une multitude d'Objets détenteurs de tickets verts sortaient de leurs enclos et se dirigeaient d'un pas traînant vers le mur nord. Ils avaient tous l'air inquiets.

Le Cochon de Noël bomba le torse.

– C'est maintenant que commence le vrai voyage. Tu es prêt ?

– Prêt, répondit Jack avec un signe de tête approbateur.

17

Les trois portes

Les détenteurs de tickets verts formaient des files d'attente désordonnées. On se pressait, on se bousculait. De nombreux Objets continuaient de contempler avec ferveur les trous de retrouvaille qu'on voyait au plafond, espérant qu'une colonne de lumière dorée allait se fixer sur eux et les ramener au pays des Vivants. Mais des régulateurs de perte, coiffés de leur chapeau noir, les poussaient devant eux avec des rires cruels.

– Trop tard, maintenant. Le moment de l'Affectation est venu.

– Qu'est-ce que ça veut dire ? marmonna Jack à l'oreille du Cochon de Noël.

– Je ne sais pas très bien, répondit celui-ci. Je crois qu'il s'agit de l'endroit du pays des Choses perdues où on va nous envoyer.

Ils se joignirent à une file d'attente, derrière une somptueuse bague ornée d'un saphir.

– C'est à ne pas croire, disait-elle d'une voix forte à qui voulait l'entendre, elle m'a enlevée de son doigt pour se laver les mains et m'a oubliée au bord du lavabo !

Jack lançait des regards anxieux pour essayer de voir ce qui se passait en tête de la file. Au début, il ne vit rien du tout, mais la queue avançait rapidement et il s'aperçut bientôt qu'ils se dirigeaient vers une longue rangée de bureaux auxquels étaient assis d'autres régulateurs de perte, parmi lesquels un piège à souris, un tire-bouchon et une agrafeuse. Derrière les bureaux se dressaient trois portes gigantesques : la première était en bois brut, comme celle d'une grange ou d'une remise. La deuxième était constituée d'acier brillant, comme pour un coffre ou une chambre forte. La dernière était un grand panneau d'or étincelant magnifiquement gravé de fleurs et de motifs en forme de plantes grimpantes. Dans les files d'attente, de nombreux Objets montraient cette troisième porte avec des expressions d'envie.

Un par un, ceux qui étaient arrivés en tête de la file étaient invités à s'asseoir à l'un des bureaux. Les régulateurs de perte leur posaient des questions puis, une fois l'entretien terminé, leur ticket était tamponné et on leur ordonnait de se diriger vers l'une des portes.

– Je suis inquiet, dit soudain le Cochon de Noël.

– Pourquoi ? demanda Jack.

– Je me demande comment nous pourrons te faire passer devant les régulateurs de perte sans qu'ils s'aperçoivent que tu es un humain, répondit le cochon.

– L'ouvre-boîte n'a rien remarqué, fit observer Jack.

– Ce n'était pas son travail de savoir qui tu étais ou de décider où il fallait t'envoyer, dit le Cochon de Noël. Il faut vite inventer une histoire. Dans quelle usine as-tu été fabriqué ?

– Je... je n'en sais rien, répondit Jack en essayant sans succès de trouver un nom qui ressemblerait à celui d'une usine.

– Tu n'auras qu'à dire l'usine Dingledown à Birmingham, suggéra le Cochon de Noël. C'est l'usine où j'ai été fabriqué et ils y font aussi des figurines articulées. Comment t'appelles-tu ?

– Jack.

– Les figurines articulées ne s'appellent jamais Jack ! Disons que tu seras plutôt... Pyjama Boy, qui commande au sommeil et aux rêves.

– Je ne veux pas être Pyjama Boy, protesta Jack. C'est un nom stupide.

– Dans ce cas, dis que tu t'appelles Jack et on verra bien ce qui se passera ! murmura le Cochon de Noël d'un ton tranchant alors qu'ils étaient presque arrivés en tête de la file d'attente. Et maintenant, où as-tu été perdu ?

– Je suis tombé de la poche d'un petit garçon, dit Jack en répétant ce que le cochon avait raconté à l'ouvre-boîte.

– Et où es-tu, à présent ?

– Je suis ici et je parle avec toi, répondit Jack.

Le cochon se couvrit la tête de ses pattes.

– Nous aurons de la chance si on ne nous envoie pas directement chez le Grand Perdeur.

Il ôta ses pattes de son visage et reprit :

– C'est ta partie avivée qui a été aspirée ici, au pays des Choses perdues. Tu dois indiquer au régulateur de perte où se trouve ton corps en plastique, tu comprends ? Là-Haut, au pays des Vivants !

– C'est toi qui as eu l'idée de ce plan ! s'exclama Jack, effrayé et un peu en colère car ils arrivaient maintenant en tête de la file. Dis-moi vite ce que je dois répondre !

Mais à cet instant, un grand vacarme retentit derrière eux.

18

Le prisonnier

Deux régulateurs de perte – une perforeuse et une fourchette – traînaient entre deux files un petit Objet couvert de boue qu'ils maintenaient grâce aux bras puissants et filiformes que tant d'Objets semblaient acquérir au pays des Choses perdues. Leur prisonnier était d'une telle saleté qu'on avait le plus grand mal à voir ce qu'il était vraiment, mais il paraissait en peluche.

– S'il vous plaît, se lamentait le prisonnier d'une voix couinante, s'il vous plaît, donnez-moi un ticket, laissez-moi rester ici une heure ! Oh, je vous en supplie, laissez-moi une chance. Peut-être que quelqu'un voudra... Laissez-moi essayer au moins...

Alors que les régulateurs de perte arrivaient à la hauteur de Jack et du Cochon de Noël, Jack vit ce qu'était véritablement le prisonnier secoué de sanglots : un minuscule lapin en peluche bleue qui semblait avoir passé des jours, sinon des semaines, dans la boue. Jack ne parvenait pas à comprendre pourquoi les régulateurs se montraient si brutaux avec le malheureux lapin. La fourchette le piquait pour le forcer à avancer plus vite et, chaque fois que le lapin poussait un cri de douleur, la perforeuse éclatait de rire, s'ouvrant et se refermant, et laissait échapper de petits ronds de papier semblables à des confettis. Ils traînèrent leur prisonnier en passant sans s'arrêter devant deux des bureaux occupés par des régulateurs de perte et se dirigèrent vers ce qui apparaissait comme une plaque d'égout métallique, aménagée dans le sol, et que Jack n'avait pas remarquée jusqu'alors.

– Tu appartiens au Grand Perdeur, ça ne fait pas de doute, dit la perforeuse. Et arrête de te donner en spectacle devant tous ces Objets honorables qui ont des propriétaires Là-Haut !

– Pourquoi ils le traitent comme ça ? murmura Jack au Cochon de Noël qui se contenta de hocher la tête d'un air affligé. Parce qu'il est sale ? poursuivit-il en pensant à son vieux LC crasseux.

Et si LC avait subi le même traitement à son arrivée dans la salle des Égarés ?

– Ne t'occupe pas du lapin, répondit le cochon, qui paraissait soudain bien décidé. Voilà ta chance, Jack. Glisse-toi là-bas.

– Quoi ? dit Jack.

– Passe à quatre pattes devant les régulateurs pendant

que tout le monde regarde le lapin. Je te retrouverai de l'autre côté !

Jack avait compris : tout le monde était cloué sur place en voyant le prisonnier et ses gardiens, même les régulateurs de perte assis derrière leurs bureaux. Jack se laissa tomber à genoux, passa à quatre pattes devant la bague au saphir, se faufila entre deux bureaux et se dirigea vers un groupe d'Objets qui avaient déjà reçu leur Affectation et attendaient devant la porte de bois. Ils étaient beaucoup trop captivés par le sort du prisonnier pour remarquer que Jack s'était joint à eux. Celui-ci se releva et se retourna pour voir ce qui arrivait au lapin.

– Je vous en supplie ! gémissait ce dernier d'une petite voix aiguë. S'il vous plaît, donnez-moi une chance...

– Il n'y a pas de chances pour des Objets comme toi, grogna la fourchette tandis que le lapin se débattait. Personne ne veut de toi. Tout le monde s'en fiche que tu sois perdu. Tu es un Surplus.

La perforeuse déplaça la plaque d'égout, laissant apparaître un trou sombre. Le lapin lançait de petits cris d'effroi quand la fourchette le piquait pour le pousser de plus en plus près du bord. Enfin, le petit lapin glissa et tomba. On entendit son hurlement de terreur qui devenait de moins en moins perceptible, comme s'il avait été emporté au bas d'un long toboggan, puis son cri fut réduit au silence par la plaque d'égout que la perforeuse remit en place dans un claquement métallique.

Les deux régulateurs redressèrent leur chapeau noir et s'éloignèrent d'un pas sautillant, visiblement très contents d'eux. Peu à peu, tous les Objets témoins de cette horrible scène se remirent à parler.

Un peigne en plastique, debout à côté de Jack, murmura :

– C'était effroyable, n'est-ce pas ?

Il avait une apparence étrange, avec un œil de chaque côté, et sa bouche apparaissait entre deux de ses dents.

– Oui, approuva Jack, c'était terrible.

Il sentait que l'un d'eux aurait dû essayer d'aider le lapin au lieu de le regarder se faire jeter dans le trou. Il regretta de n'avoir rien tenté, mais il aurait risqué d'être reconnu comme humain et peut-être l'aurait-on obligé à quitter le pays des Choses perdues avant qu'il ait pu retrouver LC.

– C'est ignoble, la façon dont ils traitent les Surplus, dit au peigne une pile électrique qui parlait à voix basse pour n'être pas entendue des régulateurs.

Le Cochon de Noël était maintenant arrivé en tête de la file d'attente la plus proche. Le tire-bouchon régulateur de perte, qui venait d'envoyer la bague au saphir devant la porte d'or, parlait fort et Jack put ainsi entendre tout ce qu'ils se disaient le cochon et lui.

– Nom ? demanda le tire-bouchon.

– Le Cochon de Noël.

– Où avez-vous été fabriqué ?

– À l'usine Dingledown, Birmingham.

– Date et lieu d'Avivement ?

– Cet après-midi, répondit le cochon. Au magasin de jouets de Pendleton.

– Et ils vous ont déjà perdu ? Ah là là, se désola le tire-bouchon.

Il consulta une longue liste posée devant lui.

– Noël, Noël, Noël, Noël... ah, oui, vous êtes là. Cochon de Noël... Eh bien, personne ne semble vous aimer beaucoup, pas vrai ?

– Je suis un Remplaçant, expliqua le cochon.

– Ah, dit le tire-bouchon avec un rire narquois en se tortillant sur sa chaise, les Remplaçants, parfois ça marche, parfois ça ne marche pas. Dans votre cas, je vois que ça n'a pas marché. Mais vous êtes encore tout neuf, alors si quelqu'un tombe sur vous, il vous trouvera sans doute une utilité. Dans une boutique solidaire, j'imagine. Porte de bois.

Le Cochon de Noël se hâta de rejoindre le groupe de Jack, devant la porte de bois qui s'ouvrait en grand, à présent.

19

Bruits de sabots

Lorsqu'ils sortirent, une bouffée d'air glacé les frappa de plein fouet. À la grande surprise de Jack, car il faisait nuit quand il avait quitté le pays des Vivants, le soleil était seulement en train de se coucher à l'extérieur du hangar. De la neige tombait d'un ciel étrange, qui semblait constitué de bois peint, bien qu'il fût beaucoup, beaucoup plus haut que n'importe quel plafond du pays des Vivants. Jack apercevait au loin dans ce ciel de bois quelques trous de retrouvaille, qui permettaient de rappeler des Objets qu'on avait retrouvés, mais il y en avait beaucoup moins que dans le plafond de la salle des Égarés.

Autour de lui, le paysage était désert et sinistre : une étendue rocailleuse, désolée, qui se perdait dans le lointain, parsemée de quelques touffes de chardons. Avec ce sol ingrat et cette neige tournoyante, c'était le lieu le moins accueillant que Jack ait jamais vu.

Il jeta un coup d'œil par-dessus son épaule, vers le mur de la salle des Égarés, et vit à son grand étonnement que la porte qu'ils venaient de franchir avait disparu. Il comprit alors qu'il n'y avait plus moyen de revenir en arrière, à moins de retrouver LC. Il sentit monter en lui la crainte que le pays des Choses perdues soit encore plus étrange et plus compliqué qu'il ne l'avait pensé. Par exemple, que voyaient les Objets qui passaient par les autres portes une fois de l'autre côté ? Et plus important encore : quelle porte LC avait-il empruntée ?

Jack entendit alors un bruit de sabots. Lui et le reste du groupe – qui, en dehors du peigne et de la pile électrique, rassemblait une petite règle en plastique, une gomme en forme de panda, des lacets et une paire de baguettes chinoises – se retournèrent et virent approcher des Objets en forme de chevaux. Il y avait des poneys en plastique, une licorne rose en peluche, un cheval de trait en poterie et, plus grand que les autres, un gros âne en osier chargé de paniers remplis de fruits en plastique accrochés de chaque côté de sa selle. À la tête de ces divers Objets s'avançait à cheval un autre régulateur de perte : une paire de ciseaux de cuisine coiffée de deux chapeaux noirs, un pour chacun de ses anneaux. Les ciseaux étaient montés pointes en bas sur un cheval de bois doté de roues qui couinaient.

– Allez, allez, dépêchons-nous, lança sèchement Ciseaux. Non ! ajouta-t-il brusquement en s'adressant à Jack et au Cochon de Noël qui se dirigeaient vers les poneys en plastique. Vous êtes les plus grands. Vous pourrez monter à deux sur l'âne.

Jack et le Cochon de Noël grimpèrent alors sur l'âne en osier qui laissa échapper un gémissement.

– Attention à mon osier, dit-il. Il n'est pas incassable, figurez-vous.

La plupart des autres Objets éprouvèrent de grandes difficultés à prendre place sur leurs montures. Le peigne, la pile électrique, la règle et les baguettes chinoises ne cessaient de glisser et la paire de ciseaux ordonna aux lacets de les attacher pour les maintenir en selle.

Lorsque tout le monde eut réussi à enfourcher son cheval, une sirène au son plaintif résonna derrière les murs de la salle des Égarés.

– Oh, mon Dieu, dit Ciseaux en sursautant. Voilà qui n'annonce rien de bon.

– Qu'est-ce que ça veut dire ? interrogea le peigne qui avait l'air paniqué.

– Ça veut dire, répondit Ciseaux, qu'un Objet se trouve là où il ne devrait pas être.

Jack et le Cochon de Noël échangèrent des regards inquiets. Le garçon était certain que le cochon pensait la même chose que lui : d'une manière ou d'une autre, les régulateurs avaient découvert la présence de Jack, bien qu'il ait évité de répondre aux questions.

– Est-ce que le Grand Perdeur va venir ? murmura la règle en plastique qui tremblait de peur.

– Peut-être, répondit Ciseaux. Si un Objet a désobéi au règlement, le Grand Perdeur voudra l'attraper et le dévorer. Quand on désobéit, on devient un Surplus et les Surplus se font manger, cela a toujours été comme ça, ce sera toujours comme ça. C'est la loi.

Ciseaux lança un regard perçant aux Objets montés sur leurs chevaux.

– Vous avez tous reçu une Affectation en règle, n'est-ce pas ? demanda-t-il.

Tout le monde répondit oui d'un signe de tête.

Ciseaux donna alors un petit coup au flanc de sa monture pour la faire avancer. Les roues couinèrent en se mettant en mouvement et tous les Objets s'engagèrent sur un chemin neigeux qui contournait le paysage désolé.

– Si quelqu'un ment, nous ne tarderons pas à nous en apercevoir, dit Ciseaux d'une voix sinistre.

20

L'âne d'osier

– Comment ça se fait qu'il fasse encore jour ? murmura Jack au Cochon de Noël tandis qu'ils se mettaient en marche, l'âne d'osier grinçant à chaque pas. C'était la nuit quand on a quitté ma chambre.

– Le temps est différent au pays des Choses perdues, répondit le cochon à voix basse. On dit qu'une heure au pays des Vivants correspond à une journée entière au pays des Choses perdues.

La neige tombait dru et, bientôt, Jack sentit sur ses épaules l'humidité froide imprégner son pyjama, mais cela ne l'inquiétait pas autant que la menace de voir le Grand Perdeur surgir de l'obscurité.

Rien ne se produisit, cependant, sinon que la pile électrique glissa un peu sur son poney de plastique et que les lacets qui la maintenaient durent se resserrer pour lui éviter de tomber.

Bien que ce ne fût en apparence qu'une simple surface de bois peint, le ciel s'assombrit peu à peu tandis qu'ils suivaient les contours du paysage désolé. Bientôt, la nuit tomba. Seuls les couinements des roues de son cheval indiquaient à Jack que Ciseaux continuait de les guider.

– Où crois-tu qu'ils nous emmènent ? murmura Jack au Cochon de Noël.

– Je ne sais pas, répondit celui-ci, mais pour l'instant, nous devons obéir aux ordres. Tous les Objets que j'ai connus m'ont dit que désobéir aux lois du Grand Perdeur était le moyen le plus rapide de se faire dévorer. Il vit là-bas, ajouta le cochon en pointant l'une de ses pattes vers l'étendue vide au sol de pierre. C'est la rocaille des Indéplorés.

– Qu'est-ce que ça veut dire, « indéplorés » ? demanda Jack.

– C'est comme ça qu'on désigne les Objets dont personne ne se soucie, répondit le Cochon de Noël en fixant du regard le paysage sinistre. C'est là que vont les Surplus – les Objets que personne n'aime, dont personne ne veut, qui ne servent à rien. Ils n'ont aucun abri où se réfugier. Ils ne peuvent qu'errer dans la rocaille déserte, jusqu'à ce que le Grand Perdeur les attrape.

– Alors, LC ne peut certainement pas errer dans cette rocaille. Je pense qu'il est plus aimé, plus désiré, que n'importe quel autre Objet qui se trouve ici.

– Non, il ne peut pas être là, approuva le Cochon de Noël, qui cessa de regarder le désert de pierre et tourna les yeux vers le chemin qui s'ouvrait devant eux. Si nous avons de la chance, il sera là où nous allons. Ce doit être l'endroit où on rassemble les Objets bon marché à en juger par ceux qui sont dans ce groupe.

– LC n'est pas un Objet bon marché, répliqua Jack. Il a beaucoup de valeur.

– Il a de la valeur pour toi, mais nous autres, les cochons, nous ne valons pas cher, dit le Cochon de Noël. J'espère simplement que personne ne trouvera bizarre de voir apparaître son jumeau.

– Oh, ne t'inquiète pas pour ça, répondit Jack. Tu ne ressembles pas du tout à LC. Il n'a pas la même couleur. Ses yeux sont tombés et ils ont été remplacés par des boutons. Ses oreilles sont de travers et il sent meilleur que toi.

Leur âne d'osier avançait en oscillant et en grinçant. La pile électrique se plaignit. Elle avait à nouveau glissé le long du flanc de son poney, ce qui obligea les lacets à se serrer encore plus étroitement autour d'elle.

– Qu'est-ce que tu veux dire par « il sent meilleur » ? interrogea le Cochon de Noël.

– Je ne sais pas – il sent comme LC, c'est tout.

– Et moi, je sens quoi ? demanda le cochon.

– Tu sens le magasin de jouets et la moquette, répondit Jack. Une odeur de rien.

– Merci beaucoup.

Il y eut ensuite un silence qui ne laissait entendre que le claquement des sabots en terre cuite ou en plastique, les grincements de l'âne en osier et le couinement des roues du cheval que montait Ciseaux. Enfin, ce dernier cria :

– Bienvenue chez vous !

Dans l'obscurité se dessinait une pancarte en bois vermoulu sur laquelle était écrit en lettres écaillées :

BIENVENUE
À JETABLES-CITY

TROISIÈME PARTIE

Jetables-City

SALOON
GP
GP
GP

21

Jetables-City

– Oh, non, oh, non ! Quelle honte ! s'écria Peigne. Nous sommes jetables !

– Vous n'allez pas vous plaindre, quand même ? dit Ciseaux d'une voix menaçante. Au moins, vous avez un toit. Il y en a beaucoup qui n'en ont pas. Si vous préférez passer dans les Surplus, ça peut s'arranger !

– Non, murmura Peigne, terrifié. Je ne veux pas être un Surplus.

– Alors, cessez de pleurnicher ! répliqua sèchement Ciseaux.

La ville dans laquelle ils venaient d'entrer était composée de maisons basses, en bois, qui paraissaient peu solides et exposées aux courants d'air. Quelques lanternes éclairaient faiblement la rue enneigée. Ciseaux emmena son groupe jusqu'à un poteau en bois. Ils mirent pied à terre, attachèrent leurs montures au poteau et les lacets libérèrent la pile électrique, le peigne, la règle et la paire de baguettes chinoises.

– Salut ! lança derrière eux une voix joyeuse.

Tout le monde se retourna et vit une paire de lunettes qui venait de surgir d'une maison avec des portes battantes au-dessus desquelles était indiqué « Saloon ». Lunettes portait un chapeau noir de cow-boy avec « GP » écrit dessus et paraissait beaucoup plus amical que tous les régulateurs de perte rencontrés jusqu'à présent.

– Sûr que ça fait plaisir de vous voir, les amis ! s'écria la paire de lunettes.

Ses deux petits coussinets qui servaient à poser les lunettes sur le nez frémirent comme une grosse moustache.

– Je suis le shérif Binoc Bill ! Dis-moi, Ciseaux, d'après la rumeur, la sirène se serait déclenchée il y a une heure dans la salle des Égarés. C'est vrai, ça ?

– Oui, c'est vrai ! répondit Ciseaux. Il y a un Objet qui est là où il ne devrait pas être.

– Par mes deux charnières, ça sent les ennuis ! dit Binoc Bill d'une voix anxieuse.

Il fit surgir de nulle part un petit chiffon usé avec lequel il essuya ses verres, puis le fit disparaître comme par magie. Il examina alors le groupe de plus près.

– Allez, on y va, je vais vous emmener à l'intérieur et vous présenter aux autres. Un petit coup de lubrifiant avant de repartir, Ciseaux ?

– Pas le temps, répondit celui-ci.

– Avec ce froid, tu risques de geler sur le chemin du retour.

– Ouais… c'est vrai, admit Ciseaux en regardant vers le saloon. Le froid, il est difficile d'y couper.

– Et pourtant, couper, ça te connaît ! s'exclama le shérif en riant bruyamment de sa propre plaisanterie. Vous avez compris ? Couper ! Vous avez compris ?

Il jeta autour de lui un regard plein d'espoir, mais personne ne rit. Peigne renifla d'un air dédaigneux.

– Bon alors, suivez-moi, les gars, dit Binoc, et il les conduisit à l'intérieur du saloon.

Ciseaux leur emboîta le pas, juste derrière Jack. Celui-ci frissonna en entendant les pointes de la paire de ciseaux frapper le sol.

La flamme vacillante d'une unique lampe à huile éclairait le bar. Des rideaux de velours mangés aux mites étaient accrochés aux fenêtres et les lattes du plancher étaient constellées de taches. Dans un coin de la salle, un vieux gant de jardinage jouait un air mélancolique sur un piano jouet. Au plafond, il y avait encore un de ces trous de retrouvaille et, juste au-dessous, une vieille boîte à sandwichs en fer-blanc occupait deux sièges à elle seule.

– Au piano, c'est Cinq Doigts, annonça Binoc Bill.

Le gant de jardinage leur fit un signe du pouce et continua de jouer sa triste mélodie.

– Et là-bas, assise sous le trou de retrouvaille, c'est Sandwy, poursuivit Binoc.

La boîte à sandwichs ne dit rien et continua de regarder fixement le trou sombre du plafond, comme si elle avait eu le pouvoir de faire apparaître un rayon de lumière dorée qui l'aurait ramenée au pays des Vivants. Jack comprenait qu'elle ait envie de quitter cette salle sinistre. Il regarda autour de lui pour voir si LC n'était pas assis dans un coin obscur, mais il n'était pas là. Peut-être dormait-il dans l'une des maisons branlantes devant lesquelles ils étaient passés tout à l'heure, pensa-t-il. Il se demandait à quel moment il pourrait se glisser au-dehors pour aller jeter un coup d'œil lorsque Binoc dit :

– Bon, on pourrait peut-être s'installer bien à l'aise, pas vrai ?

Tout le monde s'assit. Les portes battantes laissaient entrer un courant d'air glacial et Jack faisait de son mieux pour ne pas grelotter. Il regrettait de ne pas avoir suivi les conseils du Cochon de Noël, avant leur départ. Il aurait dû emporter un sweat à capuche et des chaussures, mais il ne lui aurait jamais avoué cela.

– Alors, bienvenue à Jetables-City, dit le shérif. On n'a pas grand-chose dans cette ville, mais tout ce qu'on a, on le partage ! Ah, bien sûr, ajouta-t-il en jetant un regard au peigne qui continuait de renifler avec dédain, je vois bien qu'il y en a certains qui ne sont pas très heureux d'être là…

– Comment qui que ce soit pourrait-il être heureux de se retrouver chez les jetables ? répliqua Peigne qui se mit à sangloter. Ça veut dire que nous ne valons rien aux yeux de nos propriétaires !

Les baguettes chinoises fléchirent un peu en entendant ces paroles – au pays des Choses perdues, les Objets avaient tendance à devenir plus flexibles, en plus d'avoir des bouches, des yeux et des bras – et la gomme en forme de panda soupira.

– Ah mais, ce n'est pas vrai, mon cher monsieur ! répliqua Binoc Bill avec conviction. Si vous n'aviez aucune valeur, vous seriez déjà passé par la bouche d'égout dans la salle des Égarés !

– Je… je croyais avoir une certaine importance pour lui ! sanglota Peigne sans prêter attention aux paroles de Binoc.

Il retira un cheveu noir d'entre deux dents.

– Nous sommes restés ensemble pendant des… des années… Je croyais que… qu'il tenait à moi !

– Allons, l'ami, un peu de courage, dit le shérif avec douceur. On sait bien ce que c'est, nous autres, les petits Objets bon marché. Personne n'a eu le cœur brisé quand on a disparu. On nous remplace facilement. Mais ça ne veut pas dire que nous n'avons pas de valeur, pas du tout, mon cher monsieur, poursuivit Binoc Bill. Il y a toujours de l'espoir – plein d'espoir ! N'importe qui parmi vous peut être retrouvé à tout moment !

– Moi, je n'ai même jamais été utilisée, dit la pile électrique, l'air sombre. On penserait que j'aurais pu être un peu plus utile à la famille. Après tout, c'est Noël. Je croyais avoir un travail pour toute ma vie dans la voiture télécommandée de la petite fille.

– Eh bien, maintenant, tu sais tout, Pile Électrique ! gémit Peigne. Tu n'as aucune valeur pour eux ! Personne parmi nous n'a de valeur !

– Mon cher monsieur, vous avez besoin d'une bonne nuit de sommeil ! dit le shérif qui se redressa sur ses branches et invita Peigne à se relever à son tour. Tout vous paraîtra beaucoup mieux quand vous serez reposé. Montez vite à la chambre 16. En haut de l'escalier, la première porte à droite. Allez, vite, soyez gentil.

Peigne avait l'air de vouloir discuter mais, au même moment, un horrible hurlement résonna dans la rue. Cinq Doigts, le gant de jardinage, cessa de jouer du piano. Binoc Bill, Ciseaux et même Sandwy se tournèrent brusquement en direction de la rocaille des Indéplorés.

– Qu'est-ce que c'était ? demanda Peigne d'une petite voix aiguë.

– Il vaut mieux ne pas savoir ce qui se passe dans la rocaille, assura Ciseaux qui buvait son verre de lubrifiant devant le bar. Contentez-vous de faire ce qu'on vous dit et, si vous avez de la chance, vous ne saurez jamais ce qui provoque les hurlements.

22

Reclassements

Lorsque Peigne eut disparu en haut de l'escalier, Binoc Bill dit :

– Et si Cinq Doigts nous jouait quelques chansons de Noël pour nous remonter le moral ?

Le gant de jardinage commença à jouer *Ô petite ville de Bethléem*, mais cela ne changea pas grand-chose. Jack voyait bien que tous les Objets pensaient encore – comme lui – au hurlement qu'ils avaient entendu.

– Alors, voilà, dit Binoc aux nouveaux venus, les règles sont simples, ici. Restez toujours dans les limites de la ville – et soyez joyeux. N'oubliez pas qu'à tout moment, vous pouvez être retrouvés – ou reclassés.

– Reclassés ? répéta la pile électrique. Qu'est-ce que ça veut dire ?

– Ça veut dire que votre valeur Là-Haut a changé,

répondit le shérif. Prenons ton cas, Pile Électrique. Personne ne pense avoir besoin de toi pour le moment, mais imaginons que, le jour de Noël, ils s'aperçoivent qu'il manque une pile dans la manette de la voiture télécommandée. Tu deviendras alors beaucoup plus importante pour eux. Ils feront plus d'efforts pour te retrouver et, pendant qu'ils chercheront, tu seras envoyée à Zutcéouça, la ville d'à côté, parce que tu es devenue nettement plus précieuse pour tes propriétaires. Et à Zutcéouça, tu auras ta petite maison privée, peut-être même avec un jardin ! Mais si vous restez toujours à Jetables-City, alors, les gars, j'espère que vous m'aiderez à faire de cet endroit la ville la plus joyeuse et animée du pays des Choses perdues !

Jack était maintenant certain que LC devait être à Zutcéouça. Il fallait qu'ils quittent Jetables-City le plus vite possible pour se rendre là-bas.

– Bon, alors, on va tous vous trouver un lit pour la nuit, dit Binoc Bill. J'ai bien peur que certains d'entre vous doivent partager la même chambre, vu qu'on est un peu à l'étroit à Jetables-City.

– Personne n'est plus à l'étroit que moi, dit une voix essoufflée et caverneuse.

Tout le monde se retourna pour voir qui avait parlé, mais il n'y avait personne d'autre dans la salle du bar.

– C'est toi, Haley ? demanda Binoc avec un grand sourire en se tournant vers la boîte à sandwichs qui semblait très gênée.

– Oui, dit la voix essoufflée dont Jack comprenait à présent qu'elle venait de l'intérieur de la boîte en fer-blanc. Est-ce que je peux sortir un tout petit moment ? S'il vous plaît ? Il fait si noir ici et ça sent le sandwich aux œufs durs.

– Non, répliqua sèchement Ciseaux qui était toujours au comptoir. Vous restez où vous êtes. Les Objets perdus à l'intérieur d'autres Objets perdus doivent rester perdus dans les Objets qui ont été perdus. C'est la loi !

Jack jeta un regard au Cochon de Noël, mais ce dernier ne semblait pas avoir mieux compris que lui.

– Mais c'est horrible, ici, se lamenta la voix.

– Ça ne durera pas éternellement ! dit la boîte à sandwichs à son propre ventre.

– Oh ! répliqua Ciseaux avec un sourire cruel. Ne vous faites pas d'illusions. Il y a sans doute en ce moment même une jolie petite boîte à sandwichs toute neuve qui attend votre propriétaire sous le sapin de Noël. Rose avec des licornes sur le couvercle, j'imagine. Vous croyez qu'elle va se donner la peine de chercher une vieille boîte en fer-blanc comme vous quand elle aura reçu en cadeau quelque chose de beaucoup plus beau en plastique tout neuf ?

Avec un sanglot, Boîte à Sandwichs sauta des deux chaises sur lesquelles elle était installée et monta dans un cliquetis métallique l'escalier qui menait aux chambres tandis que, à l'intérieur de la boîte, la voix essoufflée disait :

– Aïe ! Ouille ! Vous me secouez dans tous les sens !

– C'est pas gentil d'avoir dit ça, Ciseaux, fit remarquer Binoc à voix basse.

– Gentil ? répliqua durement Ciseaux. C'est la vérité. Les Objets doivent savoir rester à leur place. C'est comme ça que nous éviterons tous d'avoir des ennuis.

Il versa les dernières gouttes de lubrifiant sur la vis qui maintenait ses deux lames, puis il sortit du bar sur ses pointes, affrontant la neige tourbillonnante.

Binoc Bill poussa un soupir, puis indiqua à chacun des nouveaux Objets le numéro de sa chambre. Un par un, ils se dirigèrent vers l'escalier jusqu'à ce qu'il ne reste plus dans la salle que Jack et le Cochon de Noël.

Binoc sembla remarquer leur présence pour la première fois.

– En général, on ne reçoit pas d'Objets aussi neufs que vous à Jetables-City, dit-il en observant le Cochon de Noël d'un regard curieux. Raconte-moi un peu ton histoire, Cochon.

– Oh, nous avons été perdus ensemble, répondit celui-ci. Nous sommes tombés tous les deux de la poche du petit garçon à qui nous appartenions.

– Quel est le petit garçon qui perdrait deux beaux jouets comme vous sans tout faire pour les retrouver ? s'étonna le shérif en regardant alternativement Jack et le Cochon de Noël. Qui es-tu, toi ? demanda-t-il en scrutant le visage de Jack.

– Je suis une figurine articulée, répondit celui-ci. Je m'appelle Pyjama Boy, je commande au sommeil et aux rêves. Je suis le héros d'un dessin animé, ajouta-t-il pour se donner de l'importance.

– Héros d'un dessin animé, tu dis ? s'étonna Binoc Bill, le regard toujours fixé sur Jack. Eh bien, eh bien. Sûr que les détails sont soignés. Alors, comme ça, vous êtes tous les deux tombés de la poche de votre propriétaire ?

– C'est un petit garçon très gâté, expliqua le Cochon de Noël. Il ne fait pas attention à ses jouets, tellement il en a. Pour lui, un cochon en peluche ressemble à n'importe quel autre cochon en peluche, et les figurines articulées sont toutes les mêmes. Il est même connu pour jeter ses Objets à travers sa chambre et les piétiner, ajouta le cochon en lançant un bref coup d'œil à Jack qui se renfrogna.

– Bonté divine, j'avais entendu dire qu'il existe des enfants comme ça, dit Binoc Bill d'une voix triste. De mon temps, les enfants avaient moins de jouets et ils en prenaient grand soin. À cette époque, on n'aurait jamais vu d'aussi beaux spécimens que vous atterrir ici. Je vais vous accompagner à votre chambre, poursuivit-il. Ça ne vous ennuiera pas de la partager, puisque vous vous connaissez déjà ?

Il les guida jusqu'à l'étage, puis le long d'un couloir sombre sans fenêtres avec, de chaque côté, des portes numérotées. Quand ils passèrent devant le numéro 23, le battant s'entrouvrit et la boîte à sandwichs jeta un coup d'œil par l'ouverture.

– Est-ce que je suis reclassée ? murmura-t-elle.

– On ne dirait pas, Sandwy, répondit Binoc Bill. Normalement, on annonce les Reclassements plus tôt dans la journée.

La boîte à sandwichs soupira et referma la porte.

– La pauvre, dit Binoc à voix basse tandis qu'ils poursuivaient leur chemin le long du couloir. Elle a du mal à s'y faire.

– Shérif, lança soudain Jack – il fallait qu'il soit absolument sûr que LC n'était pas ici, aussi ignora-t-il le regard d'avertissement que lui jetait le Cochon de Noël –, avez-vous vu un autre cochon en peluche à Jetables-City ? Il a à peu près la même taille que celui-là, mais avec des boutons à la place des yeux et des oreilles de travers.

– Un cochon avec des boutons à la place des yeux et des oreilles de travers ? répéta Binoc Bill en s'arrêtant dans le couloir pour dévisager à nouveau Jack. Non, fiston, je mentirais si je te disais que j'en ai vu qui corresponde à cette description.

Jack fut déçu mais pas vraiment surpris. Binoc Bill poussa la porte de la chambre numéro 20 qu'il ouvrit dans un grincement.

– Dormez bien, les gars, dit-il.

Mais il lança à Jack un regard très soupçonneux en refermant la porte derrière lui.

23

Le plan

Dès que Binoc Bill eut disparu, le Cochon de Noël se tourna vers Jack.

– Pourquoi lui as-tu parlé de LC ?

– Parce que nous sommes ici pour ça – pour le retrouver ! répliqua Jack.

– Il est évident qu'il ne peut pas être à Jetables-City. Pourquoi attirer l'attention sur nous ? Et qu'est-ce que c'est que cette histoire de dessin animé dont tu serais le héros ? ajouta le Cochon de Noël avec colère.

– Pyjama Boy, c'est un nom idiot, rétorqua Jack aussi en colère que le cochon, et il faut bien trouver une raison pour qu'une usine fabrique une figurine articulée. Qui aurait l'idée de fabriquer un garçon en plastique habillé d'un pyjama ?

– J'espère simplement que Binoc Bill ne va pas aller

raconter au Grand Perdeur qu'il a vu une figurine semblable à un petit garçon bien vivant qui aurait perdu son cochon en peluche ! dit le Cochon de Noël. Imagine que les régulateurs de perte aillent demander aux autres jouets s'ils n'auraient pas entendu parler d'un certain Pyjama Boy et de son dessin animé. Là, nous aurions des ennuis. Nous devons réfléchir à un plan et ne plus rien faire qui risque d'attirer les soupçons.

Comme Jack fut incapable de trouver une bonne réplique à ce que le cochon venait de dire, il s'assit sur le lit à deux places, ce qui fit grincer les ressorts du matelas, et jeta un coup d'œil autour de lui. La chambre était éclairée par une unique chandelle et le papier peint se décollait par endroits. Au plafond, une toile d'araignée s'étendait en travers du trou de retrouvaille. De toute évidence, personne n'avait été retrouvé dans cette chambre depuis très longtemps. De son côté, le Cochon de Noël s'était approché de la fenêtre au carreau fendillé et contemplait au-dehors la rue enneigée.

Jack s'inquiétait beaucoup trop du sort de LC pour pouvoir dormir. Au bout d'un moment, il se releva et rejoignit le Cochon de Noël devant la fenêtre. Une neige épaisse continuait de tomber sur la rue sombre. Ciseaux et les chevaux avaient disparu.

– Cochon de Noël ? dit Jack, après un long silence.

– *Mmm ?* dit le cochon.

– Qu'est-ce que ça veut dire, « aviver » ? C'est comme l'éveil dont tu m'as parlé ?

– C'est ça, répondit le cochon qui continuait de regarder la rue obscure, blanchie par la neige.

– Et ça arrive quand les sentiments des humains déteignent sur les Objets ?

– « Déteindre » n'est pas vraiment le mot, expliqua le Cochon de Noël. Les sentiments nous pénètrent. L'Avivement, c'est ce qui transforme le tissu, le rembourrage, la peluche, le métal, le bois, le plastique dont nous sommes constitués en… quelque chose de plus. Un Objet peut mettre des années à être pleinement avivé mais, parfois, ça se passe tout d'un coup. C'est ce qui s'est produit avec moi, aujourd'hui, dans le magasin de jouets. Holly et ton grand-père discutaient pour savoir quel cochon ils allaient t'offrir et, quand ils m'ont choisi, j'ai été avivé. C'est à partir de ce moment-là que j'ai représenté quelque chose. L'Avivement, c'est quand nous comprenons vraiment à quoi nous allons servir.

– C'est pour ça que tu veux appartenir à Holly ? demanda Jack. Parce qu'elle t'a choisi ?

– Oui, répondit le Cochon de Noël après un moment d'hésitation. C'est pour…

Mais à cet instant, un bruit dans la rue leur fit à nouveau tourner les yeux vers la fenêtre.

– Quelqu'un arrive ! dit Jack, effrayé.

Il voyait des chapeaux noirs au bout de la rue. Étaient-ils venus pour trouver l'Objet qui n'aurait pas dû être là ?

Trois nouveaux régulateurs de perte – un rasoir, un

burin et un couteau de poche – avançaient le long de la rue, conduisant des attelages ou des traîneaux très bizarres : une vieille pantoufle tirée par une souris mécanique, une boîte à chaussures traînée par un chien en peluche hirsute et un chariot en bois auquel étaient attelés deux éléphants décoratifs, l'un en marbre, l'autre en cuivre. Trois passagers – une carte de bus, une clé et un passeport – étaient assis, à raison d'un par véhicule, derrière le régulateur de perte qui conduisait. Pendant que Jack et le Cochon de Noël les observaient, les attelages s'arrêtèrent sous la lanterne du saloon et le shérif Binoc Bill se hâta de sortir dans la rue pour les accueillir.

Lentement, prudemment, le Cochon de Noël ouvrit la fenêtre. Elle émit un petit grincement mais, par chance, il fut couvert par le bruit que faisaient les nouveaux arrivants. À présent, Jack et le Cochon de Noël pouvaient entendre ce que disaient Binoc Bill et les régulateurs.

– Salut, les amis ! cria Binoc, je vous attendais une heure plus tôt !

– Nous avons été retenus au nouveau poste de contrôle, répondit le couteau de poche qui était coiffé d'un chapeau noir en fausse fourrure. Vous n'avez pas entendu les nouvelles ? Il semblerait qu'il y ait ici un Objet qui ne devrait pas se trouver au pays des Choses perdues.

– Par toutes les vis de mes charnières, ce n'est pas possible ! dit Binoc Bill, suffoqué. C'était quand, la dernière fois qu'une chose pareille est arrivée ?

– Je ne me souviens pas que ce soit jamais arrivé, répondit Couteau de Poche. Tu as remarqué quelque chose d'inhabituel, Binoc ?

– Eh bien, maintenant que tu m'y fais penser, dit le shérif avec lenteur… Tout à l'heure, j'étais justement en train de parler à deux jouets qui se comportaient d'une drôle de manière.

Jack et le Cochon de Noël échangèrent des regards d'effroi.

– Alors, tu ferais bien de contacter tout de suite la brigade des captures, lui conseilla Couteau de Poche d'un air grave. Le Grand Perdeur te dévorera en même temps qu'eux s'il s'agit d'Objets qui ne devraient pas être là. En attendant, voici du travail pour toi. Trois nouveaux citoyens pour Jetables-City, en provenance de Zutcéouça. Hé, vous trois ! lança-t-il d'un ton abrupt aux passagers assis dans les attelages. Hop, descendez !

– Allons, allons, dit Binoc Bill tandis que la carte de bus, la clé et le passeport quittaient leurs véhicules respectifs et se regroupaient dans la rue, serrés les uns contre les autres d'un air malheureux. Pas besoin de les traiter si durement simplement parce qu'ils ont été reclassés.

– Je suis pressé, répliqua sèchement Couteau de Poche. Avec ces trois-là, c'est l'histoire habituelle. Ils ont tous été remplacés, Là-Haut, donc ils ne créent plus de soucis. Mais j'ai un ordre de Reclassement concernant trois de tes pensionnaires. Tiens…

Il tendit une liste à Binoc.

– Pokey, lut le shérif à haute voix. *Mmm*, j'avais bien l'impression qu'elle ne resterait pas longtemps chez nous. Cinq Doigts. Oh, mon Dieu, dit Binoc Bill d'une voix triste. Ses airs de piano nous manqueront. Et – nom d'une branche de lunettes ! – Sandwy aussi ?

– La maman s'est aperçue que la petite fille avait oublié son inhalateur à l'intérieur, expliqua Couteau de Poche. Elle a de l'asthme. Alors, sa mère tient à retrouver la boîte à sandwichs.

Jack s'agrippa soudain à la patte du Cochon de Noël.

– Quoi ? murmura celui-ci.

– On pourrait peut-être se cacher à l'intérieur de la boîte à sandwichs et aller dans une autre ville !

– Et s'ils font ouvrir la boîte au poste de contrôle ? objecta le cochon.

– Je… je ne sais pas, admit Jack, terrifié à cette idée. Mais si Binoc Bill nous dénonce à la brigade des captures ?

Le Cochon de Noël réfléchit un instant, le groin plissé, puis répondit :

– D'accord. Mais laisse-moi donner les explications et ne parle plus de cette histoire de dessin animé ! Enlève la couverture de ce lit, ajouta-t-il. Il fait froid dehors, je t'avais dit de mettre quelque chose de plus chaud.

– Je suis très bien comme ça, répliqua sèchement Jack, mais lorsque le cochon lui eut tourné le dos, Jack arracha discrètement la couverture du lit et le suivit.

24

Boîte à Sandwichs

Jack et le Cochon de Noël sortirent sans bruit de leur chambre et, le cochon tenant fermement son ventre pour étouffer le bruit de ses billes de plastique, ils remontèrent le couloir sombre jusqu'à la porte numéro 23. Jack frappa doucement et la vieille boîte en fer-blanc vint ouvrir.

– Ça vous ennuie si on entre ? demanda le cochon.

– Pas du tout, répondit poliment Boîte à Sandwichs, tout en ayant l'air surprise.

La chambre était aussi obscure et pauvrement meublée que celle qu'ils venaient de quitter, elle était même encore plus petite. Elle donnait sur l'arrière du saloon et permettait de voir au loin, par-delà les nombreuses petites maisons en bois de Jetables-City. La neige continuait de tomber dru devant la fenêtre.

– Bonne nouvelle ! annonça le Cochon de Noël à Boîte à Sandwichs. Les régulateurs viennent d'arriver. Si vous pouvez prouver que vous contenez un inhalateur, ils vont vous faire sortir de Jetables-City !

– Bien sûr que je peux le prouver ! s'écria joyeusement Boîte à Sandwichs en ouvrant largement son couvercle.

Et en effet, à l'intérieur de la boîte, il y avait un petit inhalateur à l'air sinistre qui dit d'une voix sifflante :

– Si c'est moi qui justifie notre Reclassement, pourquoi ne pourrais-je pas...

Mais sa question resta en suspens, car le Cochon de Noël venait de sauter à l'intérieur de la boîte et avait couvert de ses pattes la bouche de l'inhalateur. Jack se glissa à sa suite. L'endroit était très exigu et sentait le sandwich aux œufs.

– Voilà qui est extrêmement grossier ! s'exclama Boîte à Sandwichs d'une voix indignée qui s'élevait au-dessus de leur tête. On ne peut pas entrer comme ça sans y avoir été invité !

– Ferme ton couvercle ! répliqua le Cochon de Noël d'un ton féroce. Sinon, on leur dira que tu as proposé de nous faire passer clandestinement dans une autre ville et tu seras jetée dans la rocaille pour avoir aidé des Surplus !

– Sortez d'ici ! Sortez ! s'écria la boîte à sandwichs qui sautillait sur place pour essayer de les déloger, mais Jack et le Cochon de Noël se cramponnaient. Je leur dirai que vous m'avez sauté dedans pour m'obliger à vous cacher et vous emmener ailleurs !

– Ce sera ta parole contre la nôtre ! répliqua le cochon. Et puis, si tu ne nous aides pas, mon ami la figurine va casser l'inhalateur et si l'inhalateur est cassé, tu ne seras jamais reclassée ! Pyjama Boy a des doigts remarquablement agiles, parfaits pour casser des Objets !

Même si se cacher à l'intérieur de la boîte à sandwichs avait été son idée, Jack, à présent, se sentait à la fois effrayé et coupable. Il était désolé pour la boîte en fer-blanc et ne voulait certainement pas casser l'inhalateur. Il était également choqué par la méchanceté du Cochon de Noël à l'égard de ces malheureux Objets, mais avant qu'il ait pu dire quoi que ce soit, on frappa à la porte.

– Sandwy ? lança la voix du vieux Binoc dans le couloir.

Boîte à Sandwichs claqua aussitôt son couvercle, laissant Jack et le cochon serrés dans le noir en compagnie de l'inhalateur.

– Oui ? dit-elle d'une voix tremblante.

– Bonne nouvelle, tu es reclassée !

– Oh, répondit Boîte à Sandwichs d'une voix étouffée. Euh… Magnifique.

– Ça va, chère amie ? Tu n'as pas l'air très contente.

– Non, je… je suis… Tu vas beaucoup me manquer, Binoc.

– Ça, c'est vraiment gentil, répondit le shérif d'une voix qui semblait émue. Mais tu ferais bien de te dépêcher ! L'équipe de régulation a du retard !

Le couvercle de la boîte à sandwichs était un peu tordu, ce qui était une chance car il laissait passer un minuscule rayon de lumière et suffisamment d'air pour permettre à Jack de respirer. Écrasés l'un contre l'autre dans l'obscurité, Jack et le Cochon de Noël sentirent que la boîte à sandwichs descendait en sautillant l'escalier qui menait au bar.

Sandwy fit un tel vacarme en s'avançant sur le plancher de la salle que Jack put sans danger murmurer quelque chose à l'oreille du Cochon de Noël qui empêchait toujours l'inhalateur de parler en plaquant ses pattes sur sa bouche.

– Il était inutile de la menacer comme ça, chuchota Jack.

– Tu veux retrouver LC ou pas ?

– Bien sûr que oui, répondit Jack, mais tu as été odieux !

– Déclare le garçon qui a essayé de m'arracher la tête, ajouta le Cochon de Noël.

– Arrête avec ça ! Je t'ai dit que j'étais désolé !

La boîte à sandwichs continuait d'avancer à petits bonds et Jack sut qu'ils étaient dans la rue lorsqu'il entendit tout près d'eux la voix du couteau de poche.

– Vous, là, disait-il, comme vous êtes la plus grande, vous allez monter dans mon chariot. Vas-y, Burin, aide-la.

– Non, non, je peux me débrouiller toute seule, assura Boîte à Sandwichs, qui semblait avoir peur.

Jack devina qu'elle ne voulait pas qu'un des régulateurs de perte sente son poids anormalement lourd, alors qu'elle n'était censée contenir qu'un simple inhalateur. Elle exécuta quelques petits sauts et parvint finalement à atterrir avec un bruit métallique à l'intérieur du chariot en bois.

– Navrée d'être en retard ! dit une nouvelle voix. Je suis tellement contente de partir ! Bien que vous ayez été très gentil avec moi, Binoc – très gentil –, partager ma chambre avec Mouchoir ne me manquera pas. Il ne s'est jamais lavé depuis son arrivée ici.

– Le pauvre, dit tristement le shérif. Il a renoncé. Ça arrive chez certains Objets quand ils n'ont pas été retrouvés depuis des années. Eh bien, bonne chance, Pokey ! Au revoir, Cinq Doigts ! Au revoir, Sandwy ! Vous allez nous manquer !

– Salut, Binoc, lança Couteau de Poche. N'oublie pas de contacter tout de suite la brigade des captures au sujet de ces deux jouets !

Le chariot de bois se mit en route. Jack entendait les pas des deux gros éléphants qui écrasaient la neige, le cliquetis de la souris mécanique et les jappements occasionnels du chien en peluche.

– Je vais te lâcher, maintenant, murmura le Cochon de Noël à l'inhalateur. Mais si jamais tu cries ou si tu nous dénonces, nous ferons tout pour qu'on te jette avec nous dans la rocaille des Indéplorés !

L'inhalateur laissa échapper une petite bouffée, ce qui semblait être sa manière de dire oui, et le cochon le relâcha. Avec une respiration sifflante, l'inhalateur prit alors une profonde inspiration et murmura :

– Vous avez été tous les deux très impolis et parfaitement odieux, mais c'est quand même agréable de voir autre chose que l'intérieur de cette boîte en fer-blanc, alors bonjour et soyez les bienvenus.

Les trois attelages poursuivirent leur chemin pendant

ce qui sembla une heure au moins et Jack commençait à en avoir vraiment assez de l'odeur de sandwich aux œufs lorsqu'il entendit une voix un peu plus loin :

– HALTE !

Le chariot de bois s'arrêta lourdement. Jack et le Cochon de Noël échangèrent un regard et Jack vit, dans l'expression de ses petits yeux de plastique noir, que lui aussi avait peur.

– Papiers ! ordonna une voix râpeuse.

Ils entendirent des froissements.

– Pokey, une carte Pokémon, son propriétaire s'est aperçu qu'elle pouvait avoir de la valeur – d'accord, dit la voix aux intonations cruelles. Cinq Doigts, un gant de jardinier, son propriétaire n'en trouve pas un nouveau qui soit aussi confortable – d'accord. Sandwy, une boîte à sandwichs, sa propriétaire s'est souvenue qu'il y avait un inhalateur à l'intérieur.

Quelque chose frappa violemment un des côtés de Boîte à Sandwichs, ce qui lui arracha un petit cri de douleur.

– Vous êtes là-dedans, l'inhalateur ? gronda la voix.

– Oui ! répondit l'Objet.

– D'accord, dit la voix cruelle. Bon, vous pouvez y aller. Ouvre l'œil, Couteau de Poche. On est en alerte maximum. Tu as dû entendre parler d'un Objet qui ne devrait pas être là ?

– Oui. On a un signalement ? demanda Couteau de Poche.

– Pas encore, répondit la voix cruelle. Mais je n'ai jamais vu le Grand Perdeur aussi furieux.

– Tu l'as vu ? s'étonna Couteau de Poche, inquiet.

– Oh oui, répondit la voix cruelle. Il m'a dit : « La nuit des miracles et des causes perdues ne durera pas éternellement. Quand elle sera terminée, qui trouve garde. »

– Qu'est-ce que ça veut dire ? demanda Couteau de Poche.

– Aucune idée, gronda la voix cruelle. Contente-toi de faire attention à tout Objet qui paraîtrait suspect.

Le chariot se remit alors en chemin.

– Il m'a fait une bosse, se plaignit Sandwy à Couteau de Poche.

– Ça, c'est typique de Marteau, répondit ce dernier. Il ne fait pas de détail quand il frappe !

Couteau de Poche éleva la voix pour s'adresser aux trois passagers.

– Vous autres, installez-vous confortablement et dormez si vous pouvez. Nous avons encore du chemin à faire.

Le chariot montait une côte, à présent. Jack, qui avait été repoussé à l'arrière de la boîte à sandwichs, parvint à se pelotonner dans un coin, enveloppé de la couverture qu'il avait emportée de Jetables-City, le visage contre la tête moelleuse du Cochon de Noël. Ce n'était pas la même chose que de se serrer contre LC, mais c'était plus agréable que d'être allongé contre le fer-blanc tout froid.

QUATRIÈME PARTIE

Zutcéouça

25

Zutcéouça

Jack se réveilla en sursaut. Quelque chose de mou lui tapotait l'épaule et, au bout d'un moment, il comprit que c'était à nouveau une patte du Cochon de Noël. Le chariot roulait toujours. Un rayon de lumière vive filtrait à travers le couvercle tordu de Sandwy. Inhalateur dormait profondément en émettant de petits sifflements.

– C'est le moment de sortir d'ici, souffla le cochon à l'oreille de Jack. Couteau de Poche vient de dire que nous sommes presque arrivés à Zutcéouça. On va se glisser hors de la boîte à sandwichs et sauter à terre à l'arrière du chariot.

– Et si on se fait repérer ?

– Alors, il faudra courir le plus vite possible. Prêt ?

– D'accord, murmura Jack, qui avait soudain très peur.

– Sandwy ? dit le Cochon de Noël en lui donnant un petit coup sur le côté. Tu es réveillée ?

– Oui, chuchota-t-elle.

– Laisse-nous sortir, s'il te plaît, et n'oublie pas : si tu dis à qui que ce soit que tu nous as vus, on leur racontera que tu nous as aidés !

Le couvercle de Sandwy s'ouvrit dans un cliquetis métallique. Tenant son ventre pour empêcher ses billes en plastique de faire du bruit, le Cochon de Noël grimpa par-dessus le bord de la boîte à sandwichs et se retrouva en pleine lumière, suivi de Jack qui laissa derrière lui l'inhalateur endormi.

Par chance, le chariot de bois était le dernier du cortège et comme Couteau de Poche, qui conduisait l'attelage, leur tournait le dos, personne ne vit Jack et le Cochon de Noël émerger de la boîte en fer-blanc.

– Je sais que tu ne voulais pas nous aider, mais merci quand même, Sandwy ! murmura le cochon en lui donnant une petite tape amicale sur le couvercle.

– Vous vous êtes montrés très mal élevés, chuchota la boîte à sandwichs, mais j'espère que le Grand Perdeur ne vous attrapera pas. Bonne chance !

Lentement, précautionneusement, Jack et le Cochon de Noël se glissèrent à l'arrière du chariot de bois et se laissèrent tomber dans la neige molle, avant de courir se cacher au bord du chemin, derrière un bouquet de sapins.

Regardant autour de lui, Jack vit que le chariot les avait emmenés au sommet d'une montagne d'où ils pouvaient voir les larges étendues de la rocaille des Indéplorés. Jetables-City n'était plus visible et rien ne semblait bouger sur la rocaille. Jack supposa que le Grand Perdeur avait dévoré les derniers arrivés, à moins que de malheureux Objets se soient cachés dans des touffes de chardons.

Il tourna la tête pour regarder où se trouvaient les trois attelages et les vit disparaître dans la ville qui était perchée tout en haut de la montagne. Près de l'endroit où ils s'étaient dissimulés, une pancarte aux lettres brillantes luisait sous la lumière du soleil. On pouvait y lire : BIENVENUE À ZUTCÉOUÇA.

– On va attendre ici qu'ils soient hors de vue, dit le Cochon de Noël. Puis on se faufilera dans la ville et on essaiera de trouver un jouet qui connaisse LC.

Lorsque les attelages eurent complètement disparu, ils coururent le long du chemin et pénétrèrent dans la ville.

Rien, ici, ne ressemblait à Jetables-City. Tout était propre et bien entretenu. Les maisons couvertes de neige étaient jolies, proprettes, douillettes, comme si elles avaient été bâties en pain d'épice, leurs portes d'entrée peintes de différentes couleurs. Les rues étaient soigneusement balayées et des guirlandes de Noël multicolores étincelaient sur des sapins.

Malgré le froid qui le faisait frissonner, vêtu de son seul pyjama, Jack sentit son moral remonter. Il imaginait LC vivant dans l'une de ces petites maisons. C'était manifestement un endroit où on envoyait des Objets aimés.

– Essayons d'aller par là, dit le Cochon de Noël en montrant une rue adjacente.

C'était vraiment la plus jolie petite ville que Jack ait jamais vue. À travers les fenêtres entourées de neige des maisons, il apercevait des cheminées aux feux ronflants, des horloges à coucou, d'épais tapis et des fauteuils accueillants. Les Objets qu'ils croisèrent – une cravate d'uniforme scolaire, des livres d'exercices, un stylo à encre et un vieux bouton – paraissaient beaucoup plus joyeux que ceux qu'ils avaient vus à Jetables-City. Jack était certain qu'ils étaient appréciés Là-Haut, au pays des Vivants, pour avoir été envoyés dans un endroit aussi agréable et chaleureux, mais il ne vit aucun jouet.

Enfin, il aperçut une pièce d'échecs noire qui s'entretenait avec une liste d'adresses à l'ancienne, un carnet dont la couverture était ornée de roses.

– Demandons à cette pièce d'échiquier si elle n'a pas vu LC ! suggéra Jack au Cochon de Noël.

– *Mmm*, dit le cochon. Je ne sais pas. Une pièce d'échecs n'est pas vraiment un jouet.

– C'est l'Objet le plus proche d'un jouet que nous ayons vu, fit remarquer Jack.

– Bon, très bien, admit le cochon, mais ne parle plus…

– … de dessin animé, je sais, je sais, acheva Jack.

Ils attendirent dans l'encadrement d'une porte que la pièce d'échecs et la liste d'adresses aient fini leur conversation.

– … dans cinq minutes, monsieur Cavalier, d'accord ? dit le carnet d'une voix qui résonnait dans toute la rue. Vilain monsieur Cavalier, je ne vous laisserai plus en manquer une autre ! Nous commencerons sur la place principale et je ne tolérerai aucune excuse ! La visite guidée se terminera à l'hôtel de ville que le maire nous a très aimablement proposé de nous faire visiter. Cinq minutes, monsieur Cavalier, n'oubliez pas ou je serai très en colère !

Avec un rire joyeux, la liste d'adresses s'éloigna d'un pas affairé, laissant seule la pièce d'échecs. Dès qu'il la vit disparaître, M. Cavalier sautilla dans la direction opposée, avançant si vite que Jack et le Cochon de Noël durent courir pour le rattraper.

– Excusez-moi, dit Jack.

– Oui ? répondit d'une voix essoufflée la pièce d'échecs, qui s'arrêta aussitôt.

Sa partie supérieure avait la forme d'une tête de cheval.

– Auriez-vous vu un cochon en peluche ? demanda Jack. Il a à peu près la même taille que ce cochon-là, mais il est plutôt gris, il a les oreilles de travers et des boutons à la place des yeux.

– Non, je n'ai vu aucun cochon correspondant à cette description. Il n'y a pas beaucoup de jouets, à Zutcéouça, dit le cavalier. Maintenant, excusez-moi, j'essaie d'échapper à une des visites guidées d'Adie.

Il émit alors un petit hennissement et s'éloigna à nouveau en sautillant, puis disparut dans l'un des chalets au toit couvert de neige, claquant la porte derrière lui.

26

Adie la liste d'adresses

Jack fut très déçu d'apprendre qu'il n'y avait pas beaucoup de jouets à Zutcéouça. Dans ce cas, où donc LC avait-il pu être envoyé ? Mais, avant d'avoir eu le temps d'en parler au Cochon de Noël, un coup de sifflet sonore les fit sursauter. Jack eut peur que ce soit un signal d'alarme avertissant les citoyens de Zutcéouça qu'un Objet qui n'aurait pas dû y être se trouvait dans leur ville. Mais le sifflet fut suivi du bruit caractéristique d'une locomotive à vapeur qui approchait.

– Intéressant, dit le Cochon de Noël en plissant son groin. D'où vient ce train ? Allons jeter un coup d'œil.

Jack et le cochon se hâtèrent en direction de l'endroit d'où venait le bruit du train et arrivèrent juste à temps pour le voir entrer dans une petite gare, au centre de la ville. Il était d'un bleu roi mêlé de doré et, lorsqu'il se fut arrêté dans un nuage de vapeur, les portes des wagons s'ouvrirent. Divers Objets en descendirent tant bien que mal, notamment un bracelet-montre en or, une tasse en argent et une médaille de bronze à laquelle était attaché un ruban bleu effiloché.

– Regarde, revoilà la liste d'adresses, dit le Cochon de Noël en pointant sa patte.

C'était bien le carnet, avec sa couverture ornée de roses, ses pages écrites à la main s'agitant pour dissiper la vapeur du train.

Adie parla de sa même voix forte.

– Quelle merveille de vous voir tous ici ! Vous avez de la chance ! Juste à temps pour une des célèbres visites guidées d'Adie la liste d'adresses ! Quelle façon magnifique de tout apprendre sur Zutcéouça ! Suivez-moi, allons-y !

Jack voyait que les nouveaux arrivants se croyaient obligés de faire ce qu'Adie leur disait, même si elle n'était pas coiffée d'un chapeau de régulateur de perte. Tous se rassemblèrent alors derrière elle.

– Je pense qu'on devrait les suivre, dit le Cochon de Noël, et essayer de savoir d'où est venu ce train – mais soyons prudents. Il y a quelque chose chez cette Adie que je n'aime pas beaucoup.

Ils suivirent donc la liste d'adresses et les Objets descendus du train jusqu'à une petite place où un autre groupe attendait le début de la visite guidée. Jack reconnut parmi eux la carte Pokémon, Cinq Doigts et Sandwy, qui avaient l'air très joyeux, maintenant qu'ils avaient vu dans quelle jolie petite ville on les avait envoyés.

– Permettez-moi de me présenter, s'écria Adie qui s'avança devant la foule dans un froissement de papier. Mon vrai nom, c'est Liste d'Adresses, mais appelez-moi plutôt Adie. En tant que très ancienne résidente de Zutcéouça et amie proche de notre cher maire, j'aime bien organiser ces petites visites guidées pour aider chacun à se sentir chez soi ! Suivez-moi, s'il vous plaît, et si vous avez des questions à poser, n'hésitez surtout pas !

Elle s'engagea d'un bon pas dans une nouvelle rue et tout le monde la suivit. Jack et le Cochon de Noël se retrouvèrent à côté du bracelet-montre descendu du train.

– Vous venez d'arriver ? demanda la montre qui avançait en se tortillant.

– Oui, répondit le cochon.

– Je ne vous ai pas vus dans le train.

– Non, admit-il. Nous étions à Jetables-City et nous avons été reclassés.

– Ah, dit la montre, ça explique tout.

Des mots étaient gravés au dos du bracelet-montre et Jack put lire : « À Bob, avec tout l'amour de Betty ».

– Vous regardez ma gravure ? demanda la montre à Jack.

– Euh... oui, répondit Jack, en espérant qu'il n'était pas considéré comme impoli de regarder l'inscription d'un Objet.

– Ah…, soupira le bracelet-montre. Eh bien, Betty et Bob ont cessé de s'aimer. C'est tout ce que je sais. Au moment où on m'a dit que j'étais reclassé, j'ai pensé : « Ils se sont séparés. » Je suis en or massif, moi, et Bob était vraiment dans tous ses états la première fois qu'il m'a perdu. Mais quelque chose a dû changer Là-Haut. De toute évidence, je ne manque plus à Bob autant qu'avant, sinon, ils ne m'auraient pas fait sortir de…

– On ne bavarde pas, là-bas au fond, s'écria Adie, ou vous ne profiterez pas pleinement de mes commentaires ! Nous passons maintenant devant un chalet assez joli, en fait l'un des plus beaux de la ville – et il se trouve que c'est le mien ! précisa-t-elle avec un rire cristallin. Ici, à notre gauche, nous voyons la résidence d'un marque-page en argent *assez* charmant. Il est tellement important d'avoir des voisins instruits et bien élevés ! L'occupant précédent était un vieil emploi du temps scolaire tout crasseux ! ajouta-t-elle avec un frisson. Il faisait une *horrible* impression à ceux qui venaient là pour la première fois ! Maintenant, pour ceux qui arrivent directement de la salle des Égarés, poursuivit Adie en les faisant tourner à un coin de rue, je dois expliquer qu'il y a deux villes au pays des Choses perdues : Jetables-City et Zutcéouça.

En entendant ces mots, les aiguilles du bracelet-montre se serrèrent l'une contre l'autre, lui donnant une expression perplexe.

– Non, madame, lança-t-il à Adie, du dernier rang de

la foule. Je pense que vous êtes mal informée. Médaille, Tasse et moi-même avons été envoyés ici alors que nous étions à…

– *Il n'y a que deux villes au pays des Choses perdues!* s'écria Adie.

Elle s'arrêta net et se tourna vers la foule qui s'immobilisa si brusquement que certains se cognèrent contre ceux qui les précédaient. La tasse en argent se renversa et dut être aidée par une paire de moufles pour se relever.

– *Deux villes!* répéta Adie en les observant tous d'un regard flamboyant. Une pour les bons Objets et une pour les mauvais! Jetables-City est réservée aux choses sans valeur, celles qu'on remplace facilement et dont la disparition est à peine remarquée au pays des Vivants! Zutcéouça, en revanche, accueille les Objets exceptionnels. Ici, il n'y a que des choses dont la disparition a causé beaucoup de désagréments à ceux qui nous ont perdues. Nous avons de la valeur. Nous sommes importants. Moi, par exemple, poursuivit Adie, j'ai passé cinquante ans en la possession d'une dame distinguée, Là-Haut. Elle notait dans mes pages les noms, les adresses et les numéros de téléphone des membres de sa famille et de ses amis. J'étais le seul endroit où elle conservait ces informations indispensables!

Adie fit tourner ses pages pour montrer à chacun qu'elles étaient toutes recouvertes de l'écriture dense, en pattes de mouche, de la vieille dame distinguée.

– Imaginez le désarroi que ma perte a causé !

Au lieu d'avoir l'air triste, Adie fut saisie d'un rire incontrôlable.

– LC n'est certainement pas ici, murmura Jack au Cochon de Noël. Si c'est un endroit où les Objets sont contents que leur perte ait rendu tristes leurs propriétaires, il ne peut pas y être !

Une voix basse parla soudain à l'oreille de Jack, le faisant sursauter :

– Mon garçon, s'il vous plaît, de tout cœur je vous prie
De ne pas nous juger d'après l'odieuse Adie.

Jack se retourna. Une feuille de papier sale avec des yeux et une bouche griffonnés tout en haut s'était jointe au groupe.

Tandis qu'ils avançaient à nouveau, Jack demanda à la feuille de papier :

– Qui êtes-vous ?

– Mon nom est Poésie, voyez, ces vers intimes…

Elle se déroula légèrement pour montrer les mots hâtivement gribouillés à sa surface.

– M'obligent à jamais à m'exprimer en rimes.

– Ah, dit Jack, et vous venez d'arriver, vous aussi ?

– Oh non, je suis ancienne et me suis décidée
À rejoindre aujourd'hui la visite guidée.
J'en payerai le prix car cette vieille Adie
Me poursuit de sa haine et de sa perfidie.

– Et pourquoi vous hait-elle ? demanda Jack.

– Comme je dis bien haut qu'elle a le cœur cruel,
Elle veut m'infliger un exil éternel.

Et en effet, à ce moment précis, Adie, qui venait de s'arrêter devant un bâtiment doté d'une petite tour avec une horloge et d'une double porte de bois verni, se tourna à nouveau vers la foule et repéra aussitôt Poésie tapie au dernier rang.

– Poésie ! s'écria-t-elle. Partez immédiatement, ma chère, le maire vous a bien dit que vous n'aviez plus le droit de suivre mes visites guidées !

– *Désolée d'être ici, quelle erreur regrettable*, répondit Poésie en souriant à Jack.

Adieu, honnête Adie, vous êtes trop aimable !

Poésie s'éloigna discrètement. Adie afficha à nouveau un large sourire sur sa face fleurie et reprit :

– Un petit conseil aux nouveaux arrivants : évitez Poésie ; elle est folle, complètement folle. Et elle vit avec quelqu'un d'encore plus fou qu'elle ! J'ai essayé de les faire reclasser pour qu'on les envoie à Jetables-City, mais sans succès jusqu'à présent. Et maintenant, je vais frapper à la porte de l'hôtel de ville et si nous avons beaucoup de chance, notre maire bien-aimé nous montrera…

Mais avant qu'elle ait eu le temps de frapper, un râpe-fromage tout carré surgit de la double porte, manquant de peu de renverser Adie. Il était coiffé de l'élégant tricorne noir attaché à sa fonction de maire et, derrière lui, apparut un assortiment de régulateurs de perte qui semblaient un peu différents des modèles habituels. Ils portaient tous des cagoules noires avec le traditionnel GP sur le front. Malgré leur visage masqué, il n'était pas difficile de voir à quelle catégorie d'Objets ils appartenaient. L'un était une loupe, le deuxième un filet et le troisième une énorme botte à semelle cloutée.

– Oh non, murmura le Cochon de Noël. C'est la brigade des captures !

– Nous avons des ennuis ! rugit le maire en brandissant un morceau de papier. Les rumeurs sont vraies ! Il y a ici des Objets qui ne devraient pas y être ! Je viens de recevoir leur signalement : un cochon en peluche et une figurine articulée vêtue d'un pyjama !

27

Le maire Râpe-Fromage

Le maire avait à peine fini de prononcer le mot « pyjama » que le Cochon de Noël attrapa Jack par le bras et l'entraîna dans une ruelle. Comme il n'y avait aucune autre cachette possible, le cochon souleva le couvercle d'une poubelle en argent brillant, qui portait les armes du maire, et tous deux sautèrent à l'intérieur avant de remettre le couvercle sur leur tête. Jack avait si peur qu'il lui fallut un moment pour remarquer à quel point la poubelle vide était propre. On astiquait même l'intérieur des poubelles, à Zutcéouça.

– Calmez-vous, calmez-vous ! entendirent-ils s'écrier la voix du maire, car la foule s'était mise à parler très fort en entendant la nouvelle.

Lorsque le silence fut revenu, le maire reprit :

– Et maintenant, écoutez-moi ! Ce cochon et cette figurine violent la loi et, quand la loi est violée, le Grand Perdeur s'en sert comme excuse pour la violer à son tour ! Il y a dix ans, jour pour jour, le Grand Perdeur a surgi à Zutcéouça, donnant des coups de pied dans les façades des maisons, soulevant les toits, et il ne faut pas que ça se reproduise, pas pendant mon mandat !

– Pou... pourquoi est-il venu, la dernière fois ? demanda une voix terrifiée que Jack reconnut aussitôt comme celle de Sandwy.

– Parce que la maire qui m'a précédé avait enfreint la loi ! s'exclama le râpe-fromage. Elle s'appelait Ciseaux à Dentelle ! Elle était émue par le sort des Surplus et en avait laissé certains s'échapper de la rocaille pour venir se cacher dans nos greniers ! Le Grand Perdeur en a eu vent et il s'est précipité dans la ville en fracassant les maisons ! Il a ramassé tous les Surplus et les a dévorés en avalant au passage quelques Objets qui n'avaient rien fait de mal. Enfin, pour couronner le tout, il s'est emparé de Ciseaux à Dentelle et l'a emmenée dans sa tanière. On l'entendait pousser des hurlements et on ne l'a jamais revue ! C'est à ce moment-là que je suis devenu maire, rugit le râpe-fromage et, à compter de ce jour, la loi a été respectée ! Une fois par semaine, les régulateurs de perte et moi-même menons une recherche systématique dans toute la ville pour nous assurer qu'il n'y a aucun Objet qui ne devrait pas être là ! Alors, vous allez tous rentrer chez vous et pas question de traîner dans les rues ! Adie indiquera aux nouveaux venus où se trouve leur maison et vous resterez à l'intérieur jusqu'à ce que je donne la permission de sortir !

Jack et le Cochon de Noël restèrent blottis dans la poubelle qui était très étroite, écoutant les bruits de la foule qui se dispersait.

– Et si le bracelet-montre leur dit qu'il nous a vus ? murmura Jack. Ou la poésie ? Ou Sandwy ?

– Dans ce cas, nous sommes dans les ennuis jusqu'au cou, répondit le cochon. Mais ils ont l'air d'être de gentils Objets. J'espère qu'ils ne diront rien.

Quelques minutes plus tard, le piétinement des Objets qui rentraient chez eux s'était estompé. On n'entendait plus que la voix du maire et celles de la brigade des captures.

– Ils ne seraient pas assez stupides pour venir au centre-ville, dit le maire d'un ton assuré. Je suggère que nous nous dispersions en fouillant de l'extérieur vers l'intérieur.

La brigade des captures approuva et Jack et le Cochon de Noël les entendirent s'éloigner, appelant d'autres régulateurs de perte en renfort. Le bruit le plus sonore venait de la botte à semelle cloutée qui produisait un cliquetis menaçant à chacun de ses pas.

– Cette botte s'appelle l'Écraseur, chuchota le cochon à l'oreille de Jack. Une de tes chaussettes me l'a dit. C'est un des chouchous du Grand Perdeur. L'Écraseur a le droit de piétiner tous les Objets qu'il attrape. Après ça, même s'ils sont retrouvés, ils sont trop abîmés pour être d'aucune utilité.

Jack aurait préféré que le Cochon de Noël ne lui révèle pas cette information.

– Tu as entendu ce que le bracelet-montre a commencé à dire juste avant qu'Adie l'interrompe ? poursuivit le cochon.

– Oui, répondit Jack. Qu'il venait d'une troisième ville.

– Ce qui est logique, fit remarquer le cochon. Puisque…

– Il y avait trois portes dans la salle des Égarés !

– Exactement, confirma le cochon.

– Et donc, LC doit se trouver dans cette troisième ville ! conclut Jack.

– Sans doute, approuva le Cochon de Noël. Tu sais, je crois que notre meilleur espoir, c'est d'essayer de monter en douce à bord de ce train et de nous y cacher jusqu'à ce qu'il nous emmène dans cette autre ville. Mais nous allons attendre la tombée du jour. Nous n'aurions aucune chance de réussir si nous sortions maintenant.

Ils attendirent donc que la nuit vienne.

Lorsqu'ils estimèrent qu'il faisait enfin suffisamment sombre, ils essayèrent de sortir, mais ils étaient à présent coincés l'un contre l'autre dans cet espace étroit. En se tortillant dans tous les sens, Jack finit par réussir à s'extraire de la poubelle et dut ensuite tirer de toutes ses forces le cochon par les pattes pour parvenir à le libérer. Tous deux basculèrent alors sur un tas de neige, le Cochon de Noël sur le dos de Jack.

– Merci, dit le cochon d'une voix haletante. Désolé, mes billes de plastique s'étaient collées les unes aux autres.

– Ce n'est pas grave, répondit Jack qui était de nouveau mouillé et frigorifié.

Il se leva, chassa la neige de son pyjama et suivit le cochon. Tous deux se dirigèrent vers la gare à pas précautionneux, restant toujours dans l'ombre.

Ils n'avaient parcouru qu'une très courte distance lorsque la voix du maire retentit soudain dans des haut-parleurs installés à chaque coin de rue.

– Attention, avis à tous les Objets ! Attention, avis à tous les Objets ! Nous pensons que le cochon et la figurine articulée ont réussi à pénétrer dans le centre-ville à la faveur de l'obscurité ! Verrouillez vos portes ! Fermez les volets ! Quiconque viendra en aide aux Surplus sera livré au Grand Perdeur !

Partout où regardaient Jack et le Cochon de Noël, les carrés de lumière, brillant comme des joyaux aux fenêtres parées de rideaux, s'éteignirent d'un coup et ils entendirent le cliquetis de centaines de verrous qu'on poussait. Lorsque le maire Râpe-Fromage eut répété une seconde fois son avertissement, un silence total tomba sur la ville de Zutcéouça. Les Objets qui vivaient là semblaient soudain trop terrifiés pour oser parler, même dans leurs propres maisons.

Le souffle de Jack produisit un nuage de vapeur dans l'air glacial tandis qu'ils approchaient de la gare. Parcouru de frissons, Jack s'aperçut qu'il avait laissé sa couverture dans la poubelle du maire, mais tout ce qui lui importait à présent, c'était de quitter Zutcéouça qui ne paraissait plus du tout accueillante et confortable.

La gare était en vue, juste de l'autre côté de la rue, lorsqu'ils entendirent une voix dure devant eux. Le Cochon de Noël attira Jack dans une embrasure de porte obscure et Jack retint son souffle pour ne pas laisser échapper un nuage de vapeur qui trahirait leur présence.

– Vous quatre, vous allez suivre Loupe dans la zone ouest. Vous autres, vous irez avec Filet explorer la zone est. Ceux qui restent, venez avec moi.

Jack entendit les régulateurs de perte se disperser dans diverses directions et, là encore, le bruit le plus sonore fut celui que produisait en s'abattant sur le sol la botte à semelle cloutée, celle qu'on appelait l'Écraseur.

Lorsque, enfin, les bruits se furent éloignés, Jack et le Cochon de Noël sortirent prudemment de leur cachette et se rapprochèrent de la gare.

Mais tous les espoirs de Jack s'évanouirent : le train jouet était parti.

– Oh, non, qu'est-ce qu'on fait maintenant ? murmura Jack entre ses dents qui claquaient.

– Maintenant, dit une voix menaçante, juste derrière eux, c'est l'heure de l'écrasement.

28

L'Écraseur

Jack et le Cochon de Noël firent volte-face et Jack comprit aussitôt que l'Écraseur, la botte à semelle cloutée, les avait bernés : il avait frappé le sol en restant sur place, mais de moins en moins fort pour leur faire croire qu'il s'éloignait. La botte sautilla vers eux et fut bientôt si près que Jack put voir que deux des œillets par lesquels passaient ses lacets s'étaient transformés en deux petits yeux cruels. En voyant les clous de la botte briller au clair de lune, Jack pensa soudain à sa mère. S'il devait être piétiné, les os brisés par l'Écraseur, il ne la reverrait plus jamais. Sans être conscient de ce qu'il faisait, Jack tendit alors la main et saisit la patte du Cochon de Noël.

– Attendez ! supplia le cochon en serrant à son tour la main de Jack.

– Pourquoi donc ? répliqua la botte d'un air dédaigneux en s'approchant un peu plus.

– Attendez de voir la chose qui va se produire, dit le Cochon de Noël.

– Quelle chose ? grogna l'Écraseur.

– La chose, répondit le cochon, qui va tout changer. Vous n'allez quand même pas rater ça ! Attendez… attendez un peu…

Alors, à la totale stupéfaction de Jack, un rayon de lumière dorée tomba soudain du ciel à l'endroit même où se tenait l'Écraseur. La botte s'immobilisa, puis essaya d'échapper à cette soudaine clarté, mais c'était inutile : le rayon doré la souleva du sol, en direction du pays des Vivants.

– Comment as-tu fait ça ? demanda Jack, le souffle coupé.

– Je n'ai rien fait, répondit le cochon, qui paraissait tout aussi stupéfait. Mais parfois, il est utile d'attendre !

– L'Écraseur a été retrouvé ! s'écria la voix d'un régulateur de perte dans une rue voisine.

– Ils sont là-bas ! hurla la botte en se débattant furieusement pour tenter d'échapper à la colonne de lumière qui l'emmenait de plus en plus haut par-dessus les toits couverts de neige. Ils sont là, juste devant la ga…

Mais sa voix fut couverte par celles des autres régulateurs de perte qui criaient des félicitations à leur vieil ami.

– C'est bien pour toi, l'Écraseur !

– Tu nous manqueras, vieux frère !

– Joyeux coups de botte, camarade.

– Ça suffit, les adieux ! s'écria la voix râpeuse du maire. Continuez à chercher, nous avons des Surplus à capturer !

Jack et le Cochon de Noël s'étaient engouffrés dans une rue sombre et couraient à toutes jambes lorsqu'une faible lumière apparut à leur gauche. Une porte s'était ouverte à la volée et une voix pressante leur dit :

– *Cachez-vous vite ici et pas de bavardage,*

Nous allons vous sauver…

29

Poésie et Faux-Semblant

Sans s'arrêter pour se demander s'il était raisonnable ou non d'obéir à la voix, Jack et le Cochon de Noël se précipitèrent par la porte ouverte qui se referma aussitôt derrière eux.

– *... de ce râpe-fromage!* acheva Poésie.

Le vestibule de la maison était faiblement éclairé. Les vers tracés à la hâte sur Poésie étaient à peine visibles.

– Vous n'allez pas nous livrer au Grand Perdeur, j'espère? murmura Jack.

– *Pour qui me prenez-vous en parlant de la sorte?*
Vous êtes en danger, je vous ouvre ma porte!

– Désolé, dit Jack, je ne voulais pas...

– Nous vous sommes très reconnaissants, assura le Cochon de Noël.

Poésie eut un sourire.

– *N'en parlons plus, c'est vrai, il faut être prudents,*

Je vais vous présenter...

Elle les emmena dans un petit salon.

– ... *mon ami Faux-Semblant.*

Enfoncé dans un siège à côté du feu se trouvait l'Objet le plus étrange que Jack eût jamais vu au pays des Choses perdues. En fait, il n'arrivait pas à savoir si c'était un Objet, une personne ou un fantôme. Il avait la forme et l'apparence d'un adolescent (réduit cependant à la taille de Jack et du Cochon de Noël) et on pouvait voir à travers lui. Des médailles d'or étaient accrochées à son cou et il y avait sur sa joue la trace d'un baiser laissée par du rouge à lèvres. Il était vêtu comme une rock star, avec un blouson de cuir noir et des bottes à bouts pointus. En voyant Jack et le Cochon de Noël, cette chose bizarre se leva d'un bond et dit :

– Salut ! Mes amis, quand j'étais à l'école, m'appelaient le Rebelle. J'ai une copine qui habite une autre ville. Elle est vraiment très jolie. Nous nous embrassons très souvent. Ces médailles, autour de mon cou, sont celles que j'ai gagnées dans des compétitions de karaté. Je pourrais vous tuer à l'instant à mains nues...

– *Ils fuient du Grand Perdeur les terribles espions*, dit Poésie d'un ton grave,

Alors, épargne-nous tes affabulations !

Faux-Semblant se renfrogna.

– Tu peux parler d'affabulations ! Tu es entièrement inventée !

– *La poésie dit vrai, tes mensonges sont faux !* déclara Poésie d'une voix grandiloquente.

Se tournant ensuite vers Jack et le Cochon de Noël, elle ajouta :

– *C'est un gentil garçon, mentir est son défaut !*

Faux-Semblant lui lança un regard noir et donna un coup de pied dans le bord du tapis.

– Je *pourrais* tuer quelqu'un à mains nues, si je le voulais, marmonna-t-il d'un ton boudeur. Je *pourrais*...

– *Venez donc vous asseoir à la chaleur du feu*, dit Poésie à Jack et au cochon, sans prêter attention à son compagnon. *Moi-même et Faux-Semblant vous aiderons tous deux.*

– C'est très gentil à vous, répondit le Cochon de Noël.

– Oui, ajouta Jack. Merci.

Il s'installa dans le fauteuil le plus proche de la cheminée et tendit ses mains et ses pieds gelés vers les flammes. Étant constituée de papier, Poésie prenait bien soin de se tenir à l'écart du feu. Faux-Semblant s'enfonça un peu plus dans son fauteuil et dit :

– Poésie m'a raconté qu'elle vous avait vus tous les deux dans une des visites guidées d'Adie. Je *déteste* cette liste d'adresses. Elle est encore plus menteuse que moi !

– *Faux-Semblant, tu dis vrai*, approuva Poésie, *à croire ses discours,*

Il n'y a jamais eu au pays que deux bourgs,

L'un Jetables-City, l'autre Zutcéouça,
C'est très embarrassant d'entendre ce blabla.

– Il y a donc une autre ville, à part Jetables-City et Zutcéouça ? demanda Jack.

– *Bien sûr, la porte d'or protège son accès*
Et soyez bien certains que notre Adie le sait,
Mais elle aime à se croire égale à une reine,
L'Objet le plus précieux, la Chose souveraine
Et se convainc dès lors que ne peut exister
Cet endroit appelé cité des Regrettés.

Jack et le Cochon de Noël échangèrent des regards pleins d'espoir.

– La cité des Regrettés, dites-vous ? interrogea le cochon.

– *Oui, Faux-Semblant et moi, nous l'avons bien connue*
Car nous y habitions – oh, que je suis émue...

Et en effet, une larme tomba des yeux de Poésie en formant une traînée d'encre noirâtre le long de la page.

– Pourquoi n'y êtes-vous plus ? s'étonna Jack.

Poésie s'approcha légèrement du feu et se lissa du haut en bas pour montrer les nombreuses ratures et corrections qui couvraient sa surface.

– *Je ne suis qu'un brouillon, une simple promesse,*
Un essai imparfait que fit ma poétesse !
Mais quand je fus perdue, quel chagrin ! Quelle rage !
« Je la veux ! disait-elle, ô ma précieuse page ! »
En jurant que sans moi, son génie était mort,
C'est ainsi que je vis s'ouvrir la porte d'or.

On me mit dans un train d'un bleu digne d'un roi
Et je fus bien traitée car on savait que moi,
J'étais fort regrettée au pays des Vivants,
Mais bientôt je sentis qu'allait tourner le vent,
Ma poétesse avait retravaillé ses vers,
Changé rimes et pieds, tout remis à l'envers,
Et elle avait écrit un poème meilleur,
Alors, conduite ici par les régulateurs,
Je devins peu à peu une curiosité
Et plus jamais Là-Haut on ne m'a regrettée.

Alors que Poésie essuyait ses yeux pleins d'encre, Faux-Semblant soupira et dit :

– Poésie et moi, nous sommes devenus amis depuis notre rencontre à la cité des Regrettés. Mon possesseur était un adolescent. Il a été obligé d'aller dans une nouvelle école à des kilomètres de ses anciens amis. Il se sentait seul et avait peur de cette brute qui s'appelait Kyle Mason, alors il m'a fabriqué. Il prétendait qu'il faisait du karaté, qu'il avait une petite amie et un surnom très cool dans son ancienne école… Mais les autres élèves voyaient à travers moi. Il ne voulait pas me perdre, mais il y fut forcé. Et en me perdant, c'est lui qui s'est senti perdu. Au début, je lui manquais terriblement et c'est pour ça qu'on m'a envoyé à la porte d'or à mon arrivée dans la salle des Égarés, tout comme Poésie. Mais, à mesure que le temps passait, mon possesseur me regrettait de moins en moins. Il s'est peu à peu aperçu qu'il valait mieux dire la vérité et se faire aimer des autres tel qu'il était. C'est alors que j'ai été reclassé et envoyé à Zutcéouça. Un jour, je n'ai pas peur de le dire, il aura honte de m'avoir jamais eu en lui et quand ce jour viendra, on m'expédiera dans la roc…

– Qu'est-ce que c'est que ça ? l'interrompit le Cochon de Noël.

Faux-Semblant se tut. Quelques maisons plus loin, on entendait des cris et des coups frappés aux portes.

– Oh là, dit-il, ils fouillent la rue.

30

Le tunnel

– Il faut que nous allions dans la cité des Regrettés ! dit Jack. Parce que…

– *Ne parlez pas, surtout, mieux vaut ne rien nous dire,* l'interrompit Poésie,

Car moins nous en saurons, moins nous pourrons trahir.

– Est-ce que le train va revenir bientôt ? demanda le Cochon de Noël.

– Pas avant plusieurs heures, répondit Faux-Semblant. Votre meilleure chance d'y arriver, c'est de traverser à pied la rocaille des Indéplorés, mais c'est très dangereux. La tanière du Grand Perdeur se trouve au milieu de la rocaille et il chasse les Surplus la nuit. Bien sûr, ajouta-t-il en se redressant, si je venais avec vous, je pourrais le découper en tranches grâce à ma maîtrise du karaté…

– *Faux-Semblant, ça suffit, arrête ces sornettes,* dit Poésie.

Puis, se tournant vers Jack et le Cochon de Noël, elle poursuivit :

– *Il n'y a qu'un espoir, c'est mon amie secrète.*
Elle est brave et loyale, un peu folle sans doute,
Mais elle aide souvent des Objets en déroute
Car je peux bien l'avouer, loin des indiscrétions,
Vous n'êtes pas les seuls Surplus que nous aidions.
Quand ils fuient la rocaille, il leur faut un asile
Pour pouvoir échapper à ces forces hostiles.
Et nous aidons aussi les Objets menacés
À quitter cette ville ; il serait insensé
De supporter ce maire, il les met au supplice,
Règne par la terreur, méprise la justice.
Allez voir mon amie et faites-lui confiance,
Elle seule pourra vous porter assistance.

– Quand vous dites que votre amie est « un peu folle... », commença Jack, inquiet.

– *Un peu folle, il est vrai, mais il vous faut un guide,*
Sans elle pas d'espoir, ce serait un suicide.

– Dans ce cas, s'il vous plaît, dit le Cochon de Noël alors que les régulateurs s'approchaient à grand bruit, présentez-nous à votre amie.

Poésie fit signe à Jack et au cochon de la suivre.

Faux-Semblant lui aussi se leva d'un bond et les accompagna dans la chambre de Poésie.

– Je pourrais venir avec vous et même demander à ma petite amie de nous aider !

– *Enlève le tapis et soulève la trappe*, dit Poésie à Faux-Semblant d'un ton sévère.

Referme-la ensuite afin que l'on s'échappe
Et à ceux qui viendront, mens tant que tu pourras,
Dis-leur que ces Objets n'ont jamais été là !

Faux-Semblant ouvrit une trappe cachée par un tapis. Poésie se laissa tomber dans l'ouverture – elle était si légère qu'elle n'aurait pu se blesser – pendant que Jack et le Cochon de Noël descendaient l'échelle fixée à l'intérieur.

– Bonne chance ! leur lança Faux-Semblant. Et vous savez, c'est vrai que j'ai une petite amie et, croyez-moi, elle est beaucoup plus belle que Kyle Mason !

La trappe se referma dans un claquement. Jack, le Cochon de Noël et Poésie s'enfoncèrent alors dans un tunnel étroit qui descendait une pente raide menant au pied de la montagne, celle-là même que le chariot en bois avait gravie un peu plus tôt.

– Qui a creusé ce tunnel, Poésie ? demanda le Cochon de Noël.

– *Une cuiller d'argent, il y a des années*, répondit-elle.

L'histoire s'est passée avant que je sois née.
L'arrogante cuiller n'aimait pas cette ville,
Alors elle a cherché un autre domicile
En creusant chaque nuit un grand trou très profond.
Ses amis lui disaient : « Reviens à la raison »,
Mais son seul but était : cité des Regrettés.
À ses yeux, on valait le prix qu'on a coûté,

Or la seule valeur d'un Objet qui est cher
Réside dans le cœur de l'humain qui le perd.

– Et elle est arrivée à la cité des Regrettés ? demanda Jack avec espoir.

– *Plutôt à la rocaille des Indéplorés !*
Elle comprit alors qu'elle était égarée,
Le Perdeur apparut, rôdant aux alentours,
Et la cuiller d'argent disparut pour toujours.

Pendant un bon moment, tous les trois continuèrent en silence à descendre la pente raide du tunnel jusqu'à ce qu'ils atteignent enfin une porte taillée dans le roc, à côté de laquelle pendait une grosse corde.

– *Agitez la clochette et la vieille Boussole*
Viendra nous accueillir au bout de ce sous-sol.

Le Cochon de Noël tira sur la corde et une cloche tinta de l'autre côté de la porte. Quelques minutes plus tard, ils entendirent un bruit semblable à celui d'une roue en métal roulant sur une surface de pierre. Le cochon entrouvrit légèrement la porte et Jack entendit une voix chaleureuse qui disait :

– Alors, tu m'amènes d'autres fugitifs, Poésie ?

– *Ils voudraient traverser la rocaille déserte*
Mais sans ton aide, amie, ils courent vers leur perte.

– Eh bien, je vais les aider, compte sur moi ! dit la voix cordiale. Tu sais combien j'aime l'aventure ! Ils voudraient bien aller à la cité des Regrettés, j'imagine ? Tous ces Objets, ils rêvent toujours d'aller là-bas. La plus belle ville, pas vrai ?

– En effet, nous voudrions nous y rendre, dit le Cochon de Noël.

– Je peux vous emmener jusqu'aux portes, assura la voix, mais je ne pourrai pas vous faire entrer. Ça ira quand même ?

– Ce serait magnifique, dit Jack.

Lui et le Cochon de Noël quittèrent le tunnel obscur et posèrent le pied sur la rocaille des Indéplorés, au bas de la montagne. La neige tombait plus dru que jamais.

Jack se tourna vers Poésie.

– Merci, Poésie, dit-il.

Elle se pencha pour lui murmurer un dernier mot à l'oreille :

– *Le Perdeur hait Noël, la magie de sa nuit,*

Et dit qu'on ne fuit plus dès que sonne minuit.

– Quoi ? demanda Jack, en sursautant.

Mais Poésie avait déjà refermé la porte.

CINQUIÈME PARTIE

La rocaille des Indéplorés

31

Boussole

Boussole, qui se maintenait en équilibre sur sa tranche de cuivre, mesurait à peu près la moitié de la taille de Jack et du Cochon de Noël. Son verre était fendu et, au lieu de pointer vers le nord comme elle aurait dû le faire, son aiguille était légèrement de travers.

Jack était si préoccupé par ce que Poésie venait de lui murmurer qu'au lieu de dire bonjour à Boussole, il se tourna vers le Cochon de Noël et lui confia :

– Poésie m'a dit que quand il sera minuit Là-Haut, je ne pourrai plus quitter le pays des Choses perdues !

– Ouais, j'ai entendu cette rumeur, moi aussi, assura Boussole avant que le cochon ait eu le temps de répondre. Le Grand Perdeur croit que s'il peut vous empêcher d'être retrouvés avant minuit, il vous gardera pour lui à tout jamais. Je ne sais pas où il est allé chercher cette idée, parce que ça ne marche pas comme ça, d'habitude. Perdu, ça veut dire perdu, retrouvé, ça veut dire retrouvé, peu importe quand ça arrive.

Mais Jack avait l'horrible sentiment de savoir pourquoi le Grand Perdeur croyait cela, et il voyait bien, à en juger par l'expression du Cochon de Noël, que lui aussi le savait. Si la veille de Noël était la seule nuit de l'année où un garçon vivant pouvait accéder au pays des Choses perdues, ne serait-ce pas aussi la seule nuit où ce garçon pourrait retourner au pays des Vivants ? Mais comme Jack ne pouvait exprimer ces pensées à voix haute sans révéler à Boussole qu'il était un humain, il garda le silence.

– Vous vous appelez comment ? demanda Boussole en les regardant alternativement.

– Je suis Cochon de Noël, répondit le cochon, et voici Pyjama Boy. C'est une figurine articulée.

– Je commande au sommeil et aux rêves, précisa Jack.

– *Mmm*, dit Boussole d'un air dédaigneux. Vous n'en aurez pas beaucoup, ce soir. Dormir, ce serait chercher les ennuis. Alors, allons-y !

Et sans rien ajouter, elle s'éloigna en roulant si vite que Jack et le Cochon de Noël durent courir pour rester derrière elle, glissant et trébuchant sur les cailloux couverts de neige de la rocaille. Les pieds nus de Jack devinrent bientôt très douloureux à force de courir sur des pierres pointues et glacées.

– Maintenant, il faut que je vous prévienne, il y a de

drôles de Choses, ici, sur la rocaille, lança Boussole en se retournant vers eux. Il y en a même qui sont presque aussi terribles que le Grand Perdeur lui-même !

– Vraiment ? dit Jack, inquiet.

– Ouais. Vous comprenez, tout le monde s'en fiche de savoir où sont passés ces Objets, il y en a même qui ont été perdus exprès et je comprends leurs propriétaires ! Ça ne valait pas le coup de les garder !

Boussole s'arrêta soudain et se tourna vers eux, l'air sévère.

– C'est quoi, ce bruit ?

– Oh, c'est moi, répondit le Cochon de Noël qui, comme d'habitude, s'était tenu le ventre pour empêcher ses billes en plastique de sauter en tous sens. Je suis plein de billes.

– Eh bien, faites-les taire, d'accord ?

– J'essaierai, promit le cochon en serrant son ventre encore plus fort.

Ils repartirent au pas de course. Boussole produisait un tel vacarme en roulant sur le sol pierreux que Jack la trouva injuste d'avoir reproché au Cochon de Noël le bruit que faisaient ses billes en plastique. Comme si elle avait lu dans ses pensées, Boussole se tourna à nouveau vers eux.

– Ce n'est pas l'idéal d'être en cuivre, dit-elle, vu que le Grand Perdeur a l'oreille fine, mais pour vous dire la vérité, j'aime beaucoup le frisson qu'on ressent quand il se montre ! Allons, ne vous inquiétez pas, ajouta-t-elle en surprenant le regard apeuré que lançait Jack au Cochon de

Noël, personne ne s'est jamais fait dévorer avec moi comme guide ! J'adore berner le Grand Perdeur quand il essaie de me capturer. Il me hait, vous savez.

– Comment avez-vous été perdue, Boussole ? demanda le cochon d'une voix essoufflée.

– Tombée du sac à dos d'un routard, répondit-elle d'un air joyeux. En fait, c'était la deuxième fois. La première, mon verre avait été fendu et mon aiguille avait sauté de son pivot. Après ça, je ne marchais plus très bien alors, quand il m'a de nouveau perdue dans la jungle, il ne s'est même pas donné la peine de me chercher. À l'heure qu'il est, je suis en train de m'oxyder au pied d'un bananier et ça m'étonnerait qu'on me retrouve jamais. Qui voudrait d'une boussole cassée ?

– Mais vous connaissez quand même le chemin de la cité des Regrettés ? demanda Jack, haletant.

Il avait déjà un point de côté à force de courir si vite.

– Oh ouais, ne vous inquiétez pas pour ça, le rassura Boussole d'un ton détaché, mais il faudra peut-être faire quelques zigzags, histoire de pimenter un peu le voyage. D'ailleurs, j'ai trouvé de nouvelles manières d'accompagner les Objets depuis que je suis arrivée sur la rocaille. Vous ne devinez pas ce que c'est ?

– Non, avoua le Cochon de Noël qui courait aussi vite que le lui permettaient ses courtes pattes.

– J'imagine des histoires avec une moralité et j'invente des devises, aussi. Vous voulez connaître l'une d'elles ?

– Oui, s'il vous plaît, dit Jack, à bout de souffle, car il savait bien que c'était la réponse qu'attendait Boussole.

– Le nord-nord-ouest, c'est bien gentil, mais quand on est malin, vaut mieux passer à côté, déclara fièrement Boussole.

Jack ne comprit rien et fut soulagé d'entendre le Cochon de Noël répondre :

– C'est bien vrai.

– N'est-ce pas ? dit Boussole, apparemment satisfaite. Je peux aussi vous raconter une histoire avec une moralité, si vous voulez.

– Oh oui, s'il vous plaît, répondit le cochon hors d'haleine.

– Il était une fois trois boussoles, reprit Boussole, une grande, une moyenne et une toute petite. La grande indiqua le chemin qui montait au sommet d'une montagne, la moyenne mena un bateau de l'autre côté de la mer, mais la toute petite tomba dans un carré de légumes. Et la moralité, c'est : « Ne deviens jamais l'ami d'un radis. »

Jack et le Cochon de Noël émirent quelques exclamations admiratives, ce qui sembla plaire grandement à Boussole, puis ils continuèrent de courir sur le sol de pierre et de cailloux enneigé, tandis que Jack souffrait plus que jamais de son point de côté.

Ils avancèrent ainsi difficilement dans l'obscurité glaciale pendant ce qui sembla des heures. De temps à autre, Jack ou le cochon trébuchait et l'autre venait l'aider à se relever. Leurs moments de sommeil à l'intérieur de Sandwy leur semblaient bien lointains, mais Jack avait trop peur pour être fatigué. Parfois, il voyait une forme se dessiner dans les ténèbres et se demandait avec effroi si ce n'était pas le Grand Perdeur en personne ou l'une des Choses étranges dont leur avait parlé Boussole. Mais, quand ils s'en approchaient, il s'agissait toujours d'une touffe de chardons.

– Où est ta couverture ? demanda le Cochon de Noël en remarquant que Jack tremblait, vêtu de son seul pyjama.

– Je l'ai oubliée dans la poubelle, répondit-il, toujours haletant. Mais ça va.

Si seulement ils pouvaient traverser la rocaille sans se faire dévorer par le Grand Perdeur, ils retrouveraient LC. La pensée de serrer contre lui son corps moelleux et familier et de sentir son odeur rassurante donnait à Jack la force de continuer à courir, malgré le froid et ses pieds douloureux.

Soudain, un horrible hurlement résonna à travers la rocaille.

– C'est le Grand Perdeur ? s'inquiéta Jack, le souffle court. Il arrive ? Il faut se cacher ?

– Non, répondit Boussole, qui continuait de rouler devant eux. C'est une douleur.

– Une quoi ? s'étonna Jack.

– Une douleur, répéta Boussole. Une douleur humaine. Bien sûr, ceux qui les éprouvent sont ravis de s'en débarrasser, alors elles finissent ici, sur la rocaille, rôdant en meutes et hurlant sans cesse. Je suis vraiment désolée pour elles. Ça ne doit pas être drôle d'être une…

Boussole s'arrêta brusquement. Deux formes sombres venaient d'apparaître devant eux, leur barrant le passage.

32

L'ange brisé

Aux yeux de Jack, les deux formes évoquaient une mère et son enfant, mais il ne se fiait plus à ses sens et se rapprocha du Cochon de Noël.

– Qui va là ? s'écria Boussole.

– Qui êtes-vous ? répondit une voix féminine d'un ton apeuré.

Un ange de Noël se détacha alors de l'obscurité. L'une de ses ailes était horriblement tordue, sa robe violet et or était déchirée et elle cachait son visage derrière sa main gauche. Le petit lapin bleu qui avait été précipité sous leurs yeux au bas du toboggan, dans la bouche d'égout de la salle des Égarés, lui ouvrait le chemin. Il était toujours aussi sale, ses poils collés en touffes par de la terre.

– Pourquoi vous cachez-vous le visage ? demanda Boussole à l'ange, d'un ton soupçonneux.

– Parce que vous prendriez la fuite si je vous le montrais, répliqua-t-elle. Tous les Objets qui l'ont vu se sont enfuis en courant, sauf Lapin Bleu.

– Ce n'est pas le moment de se cacher, répliqua Boussole d'un ton grave. Comment pourrais-je savoir si vous n'êtes pas une espionne du Grand Perdeur ?

L'ange baissa alors la main. Sa tête était fendue, son visage fracassé. Il lui manquait un œil et elle avait un gros trou dans la joue. Lorsqu'elle entendit Jack laisser échapper une exclamation de surprise, une larme coula de son œil unique. Elle se couvrit à nouveau la face et se mit à pleurer.

– Je sais bien que je suis laide ! sanglota-t-elle. C'est un chien qui m'a fait ça !

Mais ce n'était pas son visage qui avait arraché à Jack cette exclamation, c'était le fait qu'il l'avait reconnue. Cette robe violet et or, ces petites boucles de cheveux à moitié arrachées, ces ailes en plastique brillant – c'était leur ange de Noël, l'ange que mamie avait choisi et que Toby-le-chien avait dévoré. Ce que Jack ne comprenait pas, c'était pourquoi elle se trouvait ici, au pays des Choses perdues, si Toby-le-chien l'avait détruite...

– Être cassé n'est pas une raison suffisante pour être envoyé à la rocaille, dit Boussole, qui semblait encore plus soupçonneuse. Il y a plein d'Objets abîmés ou brisés qui sont tellement précieux que leurs propriétaires ne les quittent pas des yeux !

– Je n'ai jamais eu la moindre valeur pour la famille !

dit l'ange brisé en essayant de ravaler ses larmes. Je devais remplacer un autre ange qu'ils adoraient ! On m'a choisie précipitamment parce que les magasins étaient bondés. Dès le moment où ils m'ont achetée, j'ai bien vu que personne ne m'aimait dans la famille !

Jack se sentit horriblement coupable. Heureusement, l'ange avait remis la main sur son œil unique, elle ne pouvait donc pas le reconnaître.

– Ils m'ont installée au sommet du sapin de Noël, mais j'ai été très mal accueillie par les autres décorations, sanglota-t-elle. Elles pleuraient toutes la disparition de l'ancien ange qui avait été leur ami et leur chef ! Et alors… alors…

– Le chien a fait tomber l'arbre, acheva Jack machinalement.

– Exactement ! s'exclama l'ange brisé avec stupeur. Comment le savez-vous ?

– Je l'ai deviné, répondit précipitamment Jack.

– Le sapin est tombé et moi aussi. Je me suis prise dans les branches, le chien a essayé de m'arracher de là, mais j'étais coincée et il a mangé de moi ce qu'il pouvait atteindre. Quand la famille a découvert le sapin renversé et qu'ils ont vu sur le sol des morceaux de ma robe et de mon visage, ils ont pensé que le chien m'avait dévorée, comme il avait fait avec l'ange précédent. Ils ne se sont pas aperçus que j'étais accrochée la tête en bas, cachée par des branches. Ils ont redressé l'arbre et me voilà, perdue parmi les aiguilles, hors de leur vue. Personne ne me regrette, personne ne s'intéresse à moi, poursuivit l'ange qui se remit à pleurer. Quand ils jetteront le sapin, ils me jetteront en même temps !

Le Cochon de Noël s'approcha de l'ange brisé et lui passa une patte autour des épaules tandis que le petit lapin caressait tristement la main qui lui restait.

– Moi aussi, je suis un Remplaçant, lui dit le cochon. Mais ça va peut-être s'arranger. Peut-être qu'ils vont vous retrouver et vous réparer !

– Il faut continuer à avancer, dit Boussole sans laisser à l'ange en larmes le temps de répondre. Venez avec nous si vous voulez, ajouta-t-elle en s'adressant à l'ange et au lapin bleu. On est plus forts quand on est nombreux, mais vous devrez suivre notre rythme.

33

L'histoire du lapin bleu

Ils reprirent donc leur course. Au bout d'un moment, Jack s'aperçut que le petit lapin bleu qui bondissait à côté de lui le fixait avec admiration.

– Je suis désolé de vous regarder comme ça, dit timidement le lapin, mais vous êtes si neuf et si bien détaillé ! Vous avez dû coûter très cher ! Je n'ai jamais vu un Objet aussi beau sur la rocaille.

Le lapin bleu était un petit jouet grossièrement fabriqué, avec des yeux dissymétriques et des bras cousus à des angles bizarres.

– Qu'est-ce que vous êtes, exactement, si vous me permettez de poser la question ? demanda le jouet.

– Une figurine articulée, répondit Jack. Je suis Pyjama Boy, je commande au sommeil et aux rêves. Je suis le héros d'un dessin animé, ajouta-t-il car le Cochon de Noël était en train de parler à l'ange brisé et ne pouvait pas l'entendre.

– Quelle merveille, soupira Lapin Bleu, ses yeux étincelant d'un éclat sombre. Mais pourquoi êtes-vous sur la rocaille ? Votre propriétaire doit vous chercher partout.

– Il est très gâté, répondit Jack, répétant ce que le Cochon de Noël avait dit à Binoc Bill. Il a plein de jouets. Il a à peine remarqué qu'il nous avait perdus.

– C'est affreux, dit tristement le petit lapin. Je n'aurais jamais pensé qu'un jouet comme vous puisse être aussi mal traité. Quand on est comme moi, on n'attend pas grand-chose, mais vous, c'est différent. Un héros de dessin animé ! Vous êtes célèbre !

– Votre propriétaire ne vous aimait pas ? demanda Jack, qui ne voulait plus entendre de questions sur le dessin animé.

Il n'arrivait pas à imaginer des aventures avec un héros spécialisé dans le sommeil.

– Non, il ne m'aimait pas, soupira le lapin. Il m'a gagné à une loterie, dans une fête foraine. Chaque ticket était gagnant. Mon propriétaire voulait un ballon de football, mais c'est moi qu'il a eu à la place. Quand il m'a reçu, il a grogné, m'a fourré dans sa poche et m'a ramené chez lui. Il n'a jamais joué avec moi. Je suis resté sur une étagère jusqu'au jour où l'un de ses amis est venu le voir. Pour rire, cet ami m'a jeté par la fenêtre ouverte et j'ai atterri dans un massif de fleurs.

La voix du lapin se brisa.

– Personne ne m'a cherché. Personne ne s'intéressait à

moi. Je suis resté pendant des semaines dans cette plate-bande. Il pleuvait, j'avais froid, j'étais mouillé, mais je n'avais d'autre choix que de rester dans la boue à attendre.

– Je ne comprends pas, dit Jack.

– J'étais coincé entre deux mondes, comprenez-vous ? reprit Lapin Bleu. Ça arrive parfois, quand on ne sait pas très bien si on a été jeté ou perdu. J'étais bloqué, je n'étais nulle part, j'étais gelé, sale, attendant que mon propriétaire se souvienne de moi. S'il croyait que j'avais été jeté, je cesserais d'exister. S'il pensait que j'étais perdu, je descendrais ici, au pays des Choses perdues. La veille de Noël, poursuivit Lapin Bleu, le petit garçon qui m'avait gagné à la loterie était en train de mettre dans son sac un jouet en peluche qu'il voulait emporter chez ses grands-parents quand, soudain, il s'est souvenu que j'étais perdu, mais il s'en fichait et n'a pas essayé de me retrouver. À ce moment-là, mon sort était scellé. Je suis tombé tout droit dans la salle des Égarés et les régulateurs de perte m'ont attrapé. Ils m'ont jeté dans le toboggan qui débouche en pleine rocaille. J'étais tout seul, j'avais très peur, mais au bout d'un moment, j'ai rencontré l'ange brisé. Depuis, nous avons erré ensemble. Cela m'a fait du bien d'être avec quelqu'un qui puisse comprendre ce que je ressens. Pour un Objet tel que vous, c'est sans doute idiot…

– Pas du tout, répondit Jack. J'avais un ami qui me comprenait toujours, mais je l'ai perdu et ça a tout gâché…

Le Cochon de Noël se retourna et lança un regard à Jack

avec une étrange expression sur le visage. Redoutant que le cochon lui reproche d'avoir parlé de LC, il changea de sujet :

– Peut-être que quelqu'un d'autre vous trouvera, dit Jack au lapin bleu.

À travers les tourbillons de neige, il voyait dans le ciel des surfaces obscures où aucune étoile ne brillait et il était sûr que c'étaient des trous de retrouvaille qui ouvraient sur le pays des Vivants.

– Oh non, ça n'arrivera pas, soupira Lapin Bleu. Mon corps est resté dans le jardin, couvert de boue, à peine visible. La famille est partie pour Noël. Plus personne ne peut me trouver à présent. J'appartiens au Grand Perdeur, mais Ange Brisé et moi, nous voulons affronter la fin ensemble et c'est une forme de réconfort.

Jack était très ému, il aurait voulu pouvoir emmener le petit lapin bleu avec lui, dans sa chambre, mais il commençait à connaître les lois du pays des Choses perdues et il était certain que ce n'était pas autorisé.

Au même moment, avant que quelqu'un ait pu ajouter un mot, des explosions retentirent dans les ténèbres.

– Danger ! s'écria Boussole en revenant vers eux. Restez groupés et préparez-vous ! C'est le gang des Mauvaises Habitudes !

34

Les Mauvaises Habitudes

Boussole, Jack, le Cochon de Noël, Ange Brisé et Lapin Bleu se regroupèrent dos à dos alors qu'un essaim d'ombres noires et de petits points rougeoyants commençaient à les encercler. Des voix aiguës comme des caquètements s'élevèrent soudain et une horrible odeur de fumée se répandit dans l'air.

– Qu'est-ce que c'est que ça ? demanda Jack qui avait très peur, tout à coup.

Les Choses qui les entouraient paraissaient nombreuses, les petits points rougeoyants ressemblaient à des yeux et Jack entendait grogner et caqueter.

– Je vous l'ai dit : des Mauvaises Habitudes, répondit Boussole. Faites attention, elles jettent souvent des…

Splash ! Une énorme boule de matière gluante la frappa de plein fouet.

– Qu'est-ce que c'est ? s'écria Lapin Bleu d'une petite voix plaintive.

– Une crotte de nez ! répondit Boussole d'un ton furieux, roulant sur place pour se nettoyer. Je sais que c'est toi, Fouillenarine !

Les Choses qui les entouraient se mirent à hurler de rire et d'autres crottes de nez géantes volèrent dans les airs, Jack et les autres essayant de les éviter. On les entendait s'écraser sur leurs cibles, *splash*, *splash*, *splash*. Puis un objet dur et pointu frappa Jack en plein visage et il poussa un cri de douleur.

– Qu'est-ce qui se passe ? s'inquiéta le Cochon de Noël.

– Ils m'ont lancé quelque chose de pointu, dit Jack en voyant par terre un objet jaunâtre qui avait la forme d'un boomerang. Qu'est-ce que c'est ?

– C'est un bout d'ongle qui vient de Rongedoigt ! répondit Boussole. Vous allez arrêter, oui ? cria-t-elle au gang qui les encerclait en ricanant. Sinon, le Grand Perdeur va nous entendre et nous allons tous nous faire dévorer !

– C'est toi, Boussole ? lança une voix rauque. Qui est-ce que tu fais passer en douce, cette fois ?

Les Choses se resserraient autour d'eux, à présent. Jack aurait préféré qu'elles restent cachées. Elles étaient encore plus bizarres que Faux-Semblant, et beaucoup plus effrayantes.

On aurait dit des morceaux d'êtres humains. Il y avait des bouches : l'une d'elles mâchait bruyamment un chewing-gum, d'autres fumaient des cigarettes malodorantes. C'étaient elles qui produisaient tous ces points rougeoyants et cette horrible odeur. Il y avait aussi des nez, des oreilles, un doigt solitaire, son ongle tellement rongé qu'il n'était plus qu'un moignon sanglant, quelques bouts de peau suintants, si dégoûtants que Jack avait du mal à supporter leur vue, et deux poings serrés qui cognaient le sol d'une manière menaçante, comme s'ils avaient hâte de frapper quelqu'un.

– Toujours là, Gobesucre ? dit Boussole à la plus grande des bouches. Tu avais juré que tu serais rentré à la maison pour Noël ! Ton possesseur ne voulait plus de toi, pas vrai ?

– Laissons-lui du temps, juste un peu de temps, répondit la bouche en découvrant des chicots en guise de dents. Il va être entouré de chocolats et de bonbons. Il ne tardera pas à craquer et à se gorger à nouveau de sucreries.

– Attends un peu, toi, dit alors une voix étrangement familière, juste derrière Jack. J'ai bien l'impression de te connaître.

Jack sentit son cœur faire un bond. Même s'il était furieux contre elle, même si elle avait jeté LC par la fenêtre de la voiture, il n'avait jamais été aussi heureux d'entendre sa voix. Elle venait de chez lui, du pays des Vivants et, en cet instant, Jack se rappelait seulement à quel point elle avait été gentille avec lui, au moment où il s'était senti tout petit et perdu.

– Holly ! s'écria-t-il en faisant volte-face.

Mais Holly n'était pas là. À sa place, il y avait un poing aussi gros que Jack.

– C'est bizarre, dit le poing qui avait la voix de Holly.

– De quoi s'agit-il, Brutenchef? demanda une oreille géante, d'un ton sournois. J'adore entendre des choses bizarres.

– Je suis ici parce que j'ai jeté un cochon en peluche comme celui-là par la fenêtre d'une voiture, expliqua Brutenchef avec la voix de Holly. Et tu as un air qui me dit quelque chose, toi aussi…

– C'est une figurine articulée! dit précipitamment le Cochon de Noël. Pyjama Boy, qui commande au sommeil et aux rêves!

– Le héros d'un dessin animé! ajouta Lapin Bleu.

Les Mauvaises Habitudes eurent un rire narquois.

– Je suis sûr que le film est nul, dit Gobesucre.

– Pas étonnant qu'ils s'en fichent de l'avoir perdu, dit Boutonpercé d'un ton moqueur.

– Vous pouvez parler! répliqua le Cochon de Noël. Ceux qui vous possédaient doivent être contents d'être débarrassés de vous!

– Celle à qui j'appartenais peut revenir vers moi à tout moment, grogna Brutenchef. Je suis sa partenaire. Elle a besoin de moi.

– Et pourquoi a-t-elle besoin de vous? interrogea Jack.

– Parce qu'elle se sent mieux, grâce à moi, espèce d'idiot, répliqua Brutenchef. Sa mère veut qu'elle participe aux Jeux olympiques. L'ennui, c'est que Holly n'aime plus la gymnastique. Elle voudrait plutôt faire de la musique. Elle pense que son père pourrait comprendre, mais il lui a été volé par son nouveau frère par alliance. Alors, j'ai fait payer ce faux frère, tu comprends ? Il a tout, lui : une mère adorable et aussi le père de Holly, et puis personne ne l'oblige à gagner des médailles en lui faisant des reproches s'il n'y arrive pas… Il mérite d'être puni… Voilà pourquoi j'ai jeté son jouet stupide par la fenêtre de la voiture…

Jack était stupéfait. Jamais il n'aurait imaginé que Holly puisse penser qu'il avait de la chance.

– Seulement, maintenant, Holly se sent vraiment coupable… Elle s'est débarrassée de moi en se jurant de ne plus jamais s'en prendre à ce garçon, mais elle recommencera…

– Bien sûr qu'elle recommencera, dit l'oreille de son horrible petite voix sournoise. Celle qui me possédait était exactement pareille. Elle s'est fait surprendre en train de lire le journal intime de sa sœur et a juré que plus jamais elle n'irait écouter aux portes – mais alors, comment pourrait-elle découvrir des secrets ? C'est amusant, les secrets. Les secrets, c'est ce que je préfère. Est-ce que quelqu'un veut connaître un secret très intéressant que j'ai entendu aujourd'hui, pendant que je rôdais dans les faubourgs de Zutcéouça ?

Les Mauvaises Habitudes s'exclamèrent qu'elles voulaient entendre le secret.

– J'étais assise au milieu d'un buisson, à la lisière de la

rocaille, raconta l'oreille. C'est un bon endroit quand on veut surprendre quelque chose parce que les régulateurs de perte patrouillent à cet endroit-là pour veiller à ce que les Surplus n'essaient pas de s'échapper en douce de la rocaille pour monter sur la montagne.

– Allez, raconte ! gronda Brutenchef.

– Eh bien, ils parlaient de deux Objets en fuite, répondit Sournoise, des Objets qui n'ont rien à faire ici, au pays des Choses perdues. Et vous savez qui sont ces Objets ?

– Qui ? demandèrent plusieurs bouches.

– Un cochon en peluche et une figurine articulée ! annonça l'oreille. Exactement comme…

Mais au même instant, un BOUM assourdissant résonna à travers la rocaille. Le sol trembla et les Mauvaises Habitudes se mirent à hurler.

– La chasse commence ! s'écria Boussole d'un ton joyeux. C'est le Grand Perdeur ! Restez avec moi, tous les quatre ! Et maintenant, COUREZ !

35

Le Grand Perdeur

Boussole roula très vite sur elle-même et les Mauvaises Habitudes se dispersèrent dans l'obscurité en poussant des cris aigus. Ange Brisé et Lapin Bleu fuirent également, mais pendant un instant, Jack fut si terrifié qu'il n'arrivait plus à faire un geste.

Les faisceaux de deux gigantesques projecteurs de lumière blanche parcoururent le ciel de la rocaille. Puis leurs rayons jumeaux balayèrent le sol, illuminant les nombreuses petites Choses qui couraient en tous sens pour fuir le Grand Perdeur. Les projecteurs étaient ses yeux qui exploraient les étendues neigeuses en suivant les mouvements de sa tête qu'il tournait d'un côté et de l'autre. Il était si grand que Jack pouvait entendre le sommet de son crâne érafler le ciel de bois tandis que ses yeux aveuglants scrutaient le sol, à la recherche d'Objets à dévorer.

Il était difficile de déterminer si c'était un géant humain ou un robot. Il ne marchait pas sur des pieds mais sur des pointes d'acier, comme une araignée à deux pattes. Son corps, ses bras, ses jambes étaient entièrement recouverts de millions et de millions de débris qui brillaient sur toute sa surface, des rouages, des ressorts, des poignées, des antennes, des boutons de commande, des couvercles et autres morceaux d'Objets qu'il avait mis en pièces avant de les dévorer.

Le Grand Perdeur poussa un terrible hurlement qui secoua le sol et fit trembler les rochers. C'était un cri de fureur, mais aussi d'angoisse, comme s'il avait perdu quelque chose qu'il aimait par-dessus tout et que jamais, jamais, il ne retrouverait.

Puis il frappa.

Une main énorme avec des doigts semblables à des poutrelles d'acier balaya la rocaille dans un sifflement, ramassant au passage diverses Choses qui fuyaient. Jack entendit leurs hurlements lorsque le Grand Perdeur les souleva dans les airs et les examina à la clarté de ses yeux impitoyables.

– Jack, BOUGE-TOI ! cria le Cochon de Noël en saisissant sa main qu'il tira vers lui au moment où le Grand Perdeur se penchait à nouveau.

La gigantesque main d'acier fendit l'air une nouvelle fois, passant si près de lui que Jack put voir les bouts de ses doigts hérissés de morceaux de verre et de métal qui s'y étaient incrustés.

Jack se laissa entraîner par le Cochon de Noël, mais sa terreur était telle qu'il ne sentait plus ses jambes et ne cessait de trébucher. Les faisceaux de lumière qui jaillissaient des yeux du monstre perçaient les ténèbres et clignotaient tout autour d'eux. Jack commençait à sentir la tête lui tourner, il était pris de nausée et perdait tout sens de l'orientation. Il avait la certitude que, d'un moment à l'autre, il sentirait l'immense main de métal du Grand Perdeur se refermer sur lui et l'arracher du sol.

– Où est Boussole ? cria-t-il au Cochon de Noël qui l'entraînait avec lui.

– Je ne sais pas, répondit le cochon. Cours, il faut trouver une cachette.

Le Grand Perdeur poussa un nouveau hurlement et les rayons de ses yeux déchirèrent l'obscurité devant eux, frôlant le coude de Jack. Il entendit alors la voix de Holly s'élever quelque part dans les ténèbres :

– Non, s'il vous plaît… S'il vous plaît, non… *Argh !*

– Jack, viens ! s'écria le Cochon de Noël car le garçon avait cessé de courir et essayait de se dégager de sa patte.

– Holly ! s'exclama Jack. Il a attrapé Holly !

– Ce n'est pas elle, tu sais bien que ce n'est pas Holly ! répliqua le cochon en traînant Jack qu'il tenait de ses deux pattes. C'était sa mauvaise habitude et tu devrais être content qu'elle ait disparu !

Mais Jack ne supportait pas d'entendre la voix de Holly si désespérée, si terrifiée, et il ne s'en détourna qu'en voyant devant lui l'ange brisé qui courait de toutes ses forces mais trébuchait sur les pans de sa robe déchirée, incapable de voir convenablement avec son œil unique.

– Prenez ma main libre ! lui dit Jack.

– Oh, merci, s'écria-t-elle.

Mais, alors qu'elle tendait vers lui son bras valide, les faisceaux lumineux des yeux du Grand Perdeur la repérèrent. L'ange brisé perdit l'équilibre et le monstre bondit. Son énorme poing scintillant la saisit et elle fut emportée dans les airs.

– On ne peut plus rien faire ! dit le Cochon de Noël d'une voix dure tandis que Jack essayait de le ramener en arrière. Cours, Jack, cours, ou alors ce sera notre tour !

36

Chardons

– À plat ventre ! s'écria le Cochon de Noël en tirant Jack derrière une grosse touffe de chardons, pour se cacher dans l'ombre.

Serrés l'un contre l'autre sur le sol enneigé, ils regardèrent à travers les feuilles hérissées de pointes. Le bras chargé d'Objets, le Grand Perdeur s'avançait vers eux à longues enjambées, en faisant trembler le sol.

– L'ange ! Pauvre ange ! dit Jack d'une voix haletante, les lèvres engourdies.

Si seulement il s'était montré plus rapide pour lui saisir la main, elle n'aurait peut-être pas été capturée !

– Qu'est-ce qui leur arrive ? Qu'est-ce qu'il leur fait ? On peut peut-être les sauver !

– Non, on ne peut pas, répondit le Cochon de Noël à voix basse. Il les emmène dans sa tanière. Là, il les met en pièces et aspire leur partie avivée. Ensuite, si leurs corps lui plaisent, il les ajoute à son armure.

– Et si on les retrouvait, Là-Haut, juste en ce moment ? interrogea Jack.

– Ça les sauverait, assura le cochon. Mais personne ne les cherche, Jack. Les gens s'en fichent qu'ils soient perdus – ils sont même contents d'en être débarrassés. Quel humain voudrait d'un ange de Noël tout cassé ? Qui voudrait d'une habitude aussi détestable que de se mettre les doigts dans le nez ?

– Mais quand le Grand Perdeur a aspiré leur partie avivée et qu'il se sert de leurs corps pour les mettre sur le sien, que deviennent les Objets Là-Haut ? demanda Jack. L'ange est toujours prise dans les branches du sapin, non ?

– Pas pour longtemps, répondit le cochon. Dès que le Grand Perdeur aura dévoré sa partie avivée, l'ange disparaîtra Là-Haut. Il n'y a plus d'espoir de retour pour un Objet qui a été avalé par le Grand Perdeur. Il est perdu à jamais. C'est ce que les humains appellent la mort.

Jack avait si froid, il était si fatigué, si terrifié, il désirait si fort retrouver LC et se sentait tellement coupable à l'égard de l'ange qu'il ne put retenir ses larmes plus longtemps. Il éclata en sanglots. Il s'efforçait de ne pas faire de bruit, mais il ne pouvait tromper le Cochon de Noël qui le prit dans ses pattes et l'attira contre lui.

– Si nous ne nous serrons pas l'un contre l'autre, nous allons geler, dit le cochon d'un ton bourru. Nous resterons ici – pour dormir peut-être quelques heures, puis quand le jour se lèvera, nous chercherons un moyen d'atteindre la cité des Regrettés.

– Mais comment trouver notre chemin sans Boussole ? demanda Jack.

– Je ne le sais pas encore, avoua le Cochon de Noël. Nous chercherons une idée.

Jack se pelotonna alors contre le cochon qui l'entoura de ses pattes et, peu à peu, il commença à se réchauffer. Il avait toujours peur, il se sentait toujours malheureux, mais au moins, il n'avait plus froid.

– Merci, Cochon de Noël, dit-il au bout d'un moment.

– Il n'y a pas de quoi, répondit le cochon qui paraissait surpris.

Après un bref silence, Jack dit :

– C'est un nom stupide.

– Quel nom ? demanda le cochon.

– Cochon de Noël, répondit Jack. C'est trop long. Je ne t'aurais pas appelé comme ça si je t'avais gardé. Ce n'est pas un nom pour tous les jours.

– Tu m'aurais appelé comment, alors ? interrogea le cochon.

Jack réfléchit un moment.

– Peut-être CN, répondit-il, les initiales de « cochon » et de « Noël ».

– CN, répéta le cochon. J'aime bien ce nom.

– Je pourrais demander à Holly de t'appeler comme ça, si tu veux, proposa Jack en bâillant.

– Qu'est-ce que tu veux dire ? s'étonna le cochon.

– Quand je te donnerai à elle.

– Je ne comprends pas.

– Tu m'as fait promettre de te donner à Holly quand nous serons revenus du pays des Choses perdues, tu te souviens ?

– Oh, bien sûr que je me souviens, dit le cochon.

Ils restèrent allongés en silence, mais Jack sentait que le Cochon de Noël ne dormait pas.

– On continuera à se voir, promit le garçon, qui commençait à somnoler à présent, quand nous serons rentrés à la maison. On pourrait même jouer ensemble. Tu aimeras beaucoup LC.

– Sûrement, répondit le cochon. Après tout, nous sommes frères.

– Oui, approuva Jack. Je ne le pensais pas, au début, mais vous vous ressemblez beaucoup, en fait. Est-ce que… (il bâilla) est-ce que tu crois qu'on retrouvera bientôt LC ?

– J'en suis sûr, affirma le Cochon de Noël. Il ne cessera jamais de te manquer, il doit donc être dans la cité des Regrettés. C'est le dernier endroit que nous devons explorer.

– Oui, dit Jack.

Il était sur le point de s'endormir et aurait presque pu se croire blotti contre LC. Le Cochon de Noël ne sentait plus le neuf, il était devenu crasseux à son tour après s'être caché dans la boîte en fer-blanc aux odeurs de sandwich aux œufs et avoir parcouru le tunnel plein de terre qui menait à la rocaille.

– J'ai hâte de retrouver LC. Il va être surpris quand il saura que j'ai fait tout ce chemin pour venir le sauver, dit Jack.

– Il sera stupéfait, lui assura le Cochon de Noël. Aucun jeune garçon n'a jamais fait ça pour retrouver un jouet, dans toute l'histoire du monde.

Jack était à moitié endormi quand il entendit à nouveau le bruissement des billes de plastique dans le ventre du Cochon de Noël.

– C'est le Grand Perdeur qui vient ? murmura-t-il.

– Non, répondit le cochon. Ne t'inquiète pas, dors.

Jack crut entendre un reniflement.

– Ça va, CN ?

– Bien sûr que ça va.

Jack fut rassuré car, pendant un instant, il avait cru que le Cochon de Noël pleurait.

37

Voie ferrée

Le soleil se levait sur le haut plafond de bois qui tenait lieu de ciel, au pays des Choses perdues. Il n'était que peint, mais brillait avec assez d'éclat pour réveiller Jack, couché en chien de fusil derrière une touffe de chardons de la rocaille.

Il ne neigeait plus, mais il faisait toujours très froid. La rocaille des Indéplorés s'étendait dans toutes les directions, aussi loin que portait le regard, couverte de neige, un buisson de chardons se balançant parfois dans le vent glacial. Il n'y avait pas la moindre trace d'Objets – pas même du Cochon de Noël.

Saisi de peur, Jack se releva précipitamment.

– CN ? appela-t-il. CN, où es-tu ?

– Tout va bien, je suis là ! répondit le cochon qui se hâta de revenir dans le champ de vision de Jack. J'ai trouvé quelque chose. Viens voir !

Il emmena Jack un peu plus loin et tendit la patte.

– Regarde. Une voie ferrée.

– Elle doit mener à la cité des Regrettés !

– Exactement, approuva le cochon. L'ennui, c'est que, sans Boussole, je ne sais pas quelle direction prendre.

Ils regardèrent la voie ferrée dans les deux sens, mais rien n'indiquait de quel côté se trouvait la cité des Regrettés.

Un bruit derrière eux les fit sursauter. Ils se retournèrent brusquement et virent le lapin bleu, aussi sale que d'habitude, même si des larmes avaient dessiné des sillons propres sur sa fourrure maculée de boue.

– C'est vous ! dit-il dans un hoquet. Oh, je suis tellement content que le Grand Perdeur ne vous ait pas attrapés !

Il serra d'abord Jack entre ses pattes, puis le Cochon de Noël, les couvrant ainsi de boue tous les deux.

– Nous aussi, nous sommes contents qu'il ne t'ait pas attrapé, se réjouit Jack.

– Où est Boussole ? demanda Lapin Bleu.

– Nous ne le savons pas, répondit le cochon. Elle est partie en roulant dans l'obscurité et nous n'avons pas été assez rapides pour la suivre.

– Oh, mon Dieu, gémit le lapin. J'espère qu'elle ne s'est pas fait prendre. Et je suis si inquiet pour Ange Brisé. Elle m'a dit de courir aussi vite que possible, mais quand je me suis retourné, elle n'était plus là. Je l'ai cherchée toute la nuit. C'était ma meilleure amie. Vous ne l'avez pas vue ?

– Non, répondit le cochon en lançant un regard à Jack

pour qu'il ne dise pas le contraire. Lapin Bleu, j'imagine que tu ne sais pas où mène cette voie ferrée ?

– Je crains bien que non, répondit le lapin en contemplant les rails. Mais je vais vous raconter quelque chose de bizarre. Quand le train roule par là, dit-il en montrant la partie de l'horizon qui était encore obscure, les Objets qui se trouvent à bord ont l'air tristes. Mais quand le train va dans cette direction (il pointa le doigt vers le côté de l'horizon qui brillait de reflets rouge et or et où le soleil peint s'était levé), les Objets qui voyagent dans le train ont l'air heureux.

Jack regarda le Cochon de Noël et vit tout de suite qu'il pensait exactement la même chose que lui : cela signifiait sûrement que les Objets allant vers l'est, là où le soleil peint s'était levé, se rendaient à la cité des Regrettés plutôt qu'à Zutcéouça.

– Je crois qu'on va partir par là, dit le Cochon de Noël en se dirigeant vers l'horizon qui s'éclairait de plus en plus.

– Ça vous ennuie si je viens avec vous ? demanda Lapin Bleu.

– Bien sûr que non, répondit Jack avec douceur.

Alors, le lapin les suivit en sautillant.

38

Les portes de la ville

Ils marchèrent pendant des heures le long de la voie ferrée, en direction de l'horizon, mais ne virent rien d'autre que des étendues couvertes de neige et les rails eux-mêmes qui s'étiraient dans le lointain. Jack ne cessait de jeter des coups d'œil vers le ciel peint. Le Cochon de Noël avait dit qu'un jour ici correspondait à une heure Là-Haut, au pays des Vivants, et Jack ne pouvait s'empêcher de penser à l'avertissement de Poésie selon lequel il leur faudrait quitter le pays des Choses perdues avant que se termine, à minuit, la veille de Noël. L'idée d'être coincé ici à tout jamais, à attendre que le Grand Perdeur l'attrape, était terrifiante. Mais Jack était certain que s'il retrouvait LC, alors celui-ci arrangerait tout, comme il l'avait toujours fait. Il continua donc à marcher aussi vite qu'il le pouvait le long des rails, en suivant le Cochon de Noël.

Le soleil peint, loin au-dessus de leur tête, glissa lentement sur le ciel de bois et commença à redescendre derrière d'autres nuages sombres. Il se remit à neiger.

Enfin, le Cochon de Noël s'arrêta, une patte en visière au-dessus de ses petits yeux noirs.

– Jack, tu vois quelque chose ? murmura-t-il. Quelque chose… qui brille ?

Le garçon scruta l'horizon. En effet, très loin, il distinguait une lueur qui scintillait.

– C'est la mer ? demanda-t-il.

Ils reprirent leur marche et, bientôt, ils virent se dessiner les contours embrumés d'une ville magnifique entourée de remparts. Ils apercevaient des tourelles, des flèches, et le toit d'or de ce qui semblait être un palais.

Ils s'approchèrent suffisamment pour voir deux grandes portes d'or aménagées dans le mur de la ville. Elles étaient gravées de fleurs et de motifs en forme de plantes grimpantes, comme la porte d'or de la salle des Égarés. À cet endroit, une nouvelle voie ferrée, venant d'ailleurs, rejoignait la première. Jack devina que ces rails reliaient la ville à la salle des Égarés, et servaient à transporter les Objets qui étaient passés par la porte d'or.

Le Cochon de Noël leva une patte en signe d'avertissement.

– Des régulateurs de perte ! murmura-t-il.

En effet, un poignard, une lime à ongles et un casse-noisettes à l'air féroce marchaient au pas de long en large devant les portes de la cité. Ces régulateurs portaient les plus élégants chapeaux que Jack ait vus jusqu'à présent : c'étaient de grands casques hérissés de plumes noires et gravés d'un GP en or massif.

Jack, le Cochon de Noël et Lapin Bleu se cachèrent derrière une autre touffe de chardons, la neige s'accumulant sur leur tête et leurs épaules, tandis qu'ils fixaient des yeux les portes de la ville en réfléchissant à un plan qui leur permettrait de les franchir.

– Peut-être qu'on pourrait attendre le prochain train et sauter à l'arrière du dernier wagon, murmura Jack.

– Il roulera trop vite, dit le Cochon de Noël. Tu risquerais de te blesser.

– Quoi ? Vous voulez essayer d'entrer ? demanda Lapin Bleu, stupéfait.

Jack acquiesça.

– Mais nous sommes des Surplus, reprit le lapin, nous n'avons rien à faire dans un aussi bel endroit ! C'est là que vont les Objets qui manquent vraiment à leurs propriétaires !

– Apparemment, ces portes n'ont rien de spécial, dit le Cochon de Noël sans prêter attention au lapin bleu. Elles ont l'air très ordinaires. Le problème, ce sont les régulateurs de perte. Si nous nous montrons, ils nous attraperont et nous livreront au Grand Perdeur. Si seulement on avait un leurre pour détourner leur attention.

– Vous voulez simplement habiter dans une belle maison ? demanda Lapin Bleu. Ou alors vous avez une autre raison de vouloir entrer ?

– Oui, répondit Jack avant que le Cochon de Noël ait pu l'en empêcher. Quelqu'un dont j'ai absolument besoin se trouve là. Il s'appelle LC et c'est mon jouet en peluche préféré.

Pendant un long moment, Jack et Lapin Bleu se regardèrent dans les yeux, puis le lapin laissa échapper un long soupir, l'air abasourdi.

– Tu es un vrai garçon, murmura-t-il. Tu es réel.

– Mais non, protesta le cochon saisi par la panique. C'est une figurine articulée, il s'appelle…

– Ne t'inquiète pas, Cochon, l'interrompit Lapin Bleu, je te promets que je ne dirai rien à personne. Tu as vraiment fait tout ce voyage au pays des Choses perdues pour retrouver ton jouet préféré ? demanda-t-il à Jack qui confirma d'un signe de tête.

– Alors, c'est moi qui vous servirai de leurre, dit Lapin Bleu. Ce sera un honneur.

Et avant que Jack ou le Cochon de Noël ait pu l'arrêter, il s'échappa de leur cachette et alla gambader devant les régulateurs de perte qui cessèrent de marcher de long en large et le regardèrent fixement.

– Salut, lança Lapin Bleu. S'il vous plaît, est-ce que je pourrais venir habiter dans votre ville ?

– Ne sois pas idiot, répliqua le poignard avec un ricanement méprisant tout en le menaçant de sa lame.

Lapin Bleu s'enfuit un peu plus loin et recommença.

– Laissez-moi entrer, s'il vous plaît ! Je sais faire des tours !

Il essaya d'exécuter un saut périlleux, mais atterrit sur la tête, ce qui froissa ses oreilles. Les régulateurs de perte se moquèrent de lui, mais ne se donnèrent même pas la peine de le chasser.

À ce moment précis, plusieurs coups sonores retentirent au-dessus d'eux. Tout le monde – Jack et le Cochon de Noël, Lapin Bleu et les régulateurs de perte – leva la tête. On aurait dit qu'une balle gigantesque rebondissait sur le haut plafond de bois peint. C'était la première fois depuis qu'il était là que Jack entendait un bruit en provenance du pays des Vivants. On voyait très peu de trous de retrouvaille au plafond de la rocaille des Indéplorés, mais le hasard voulait qu'il y en ait un juste au-dessus de leur tête.

Alors, de très très loin, leur parvint la voix d'une petite fille. Elle avait un accent que Jack ne reconnaissait pas.

– Ma balle est passée par-dessus la haie ! Elle est tombée dans le jardin d'à côté.

– Faufile-toi et va la chercher, Jeanie, dit une voix de femme.

Jack, le Cochon de Noël, les régulateurs de perte et Lapin Bleu ne détachaient pas leurs yeux du grand trou percé dans le plafond de bois, au-dessus duquel résonnaient à présent des bruits de pas. Ils entendirent à nouveau la voix de la petite fille, plus forte, cette fois, plus distincte qu'auparavant.

– Elle est tombée dans des fleurs. Heureusement que les voisins ne sont pas là.

Un rayon de lumière apparut alors et se fixa sur le petit lapin qui restait immobile, figé sur place, la bouche ouverte, une folle lueur d'espoir dans ses yeux sombres.

– Maman ! reprit la voix de la petite fille. J'ai trouvé un petit lapin ! Un petit lapin tout bleu au milieu des fleurs !

Le petit lapin bleu et sale s'éleva alors de quelques centimètres au-dessus du sol, soulevé par la lumière dorée. Il regarda autour de lui, stupéfait, incapable de croire ce qui lui arrivait.

– Laisse-le où il est, dit la voix de la mère, au-dessus de leur tête. Il appartient sûrement à l'un des garçons !

– Ça doit faire très longtemps qu'il est là ! dit la voix de la petite fille. Il est couvert de boue !

Lapin Bleu s'éleva encore un peu plus haut dans la colonne de lumière dorée. Il était à présent suspendu dans les airs. Les trois régulateurs de perte, qui étaient censés garder les portes de la ville, étaient tellement sidérés par ce qui se passait sous leurs yeux qu'ils s'avancèrent pour mieux voir le trou au-dessus d'eux, essayant d'apercevoir cette fillette suffisamment étrange pour s'intéresser à un lapin bleu plein de boue.

– Maman, ça doit faire très longtemps qu'il est là, ils ne doivent pas y tenir beaucoup. S'il te plaît, est-ce que je peux… ?

– Non, Jeanie, pas s'il appartient à l'un des garçons, répondit la voix de la mère.

Le casse-noisettes, la lime à ongles et le poignard se

trouvaient maintenant juste au-dessous du lapin suspendu dans les airs, ébahis qu'un Objet aussi sale et aussi mal fabriqué puisse avoir une chance d'être trouvé.

– Jack, vas-y, murmura alors le Cochon de Noël. Cours.

– Mais…

– C'est notre seule chance ! dit le cochon. On pourra peut-être franchir les portes pendant qu'ils regardent le lapin !

Jack se releva lentement, puis se rua vers les portes étincelantes et le Cochon de Noël le suivit en se tenant le ventre.

Le lapin était toujours suspendu dans la lumière dorée, entre le pays des Vivants et le pays des Choses perdues, et les régulateurs de perte l'observaient, bouche bée, les yeux levés vers lui.

– S'il te plaît, maman, reprit la voix de la petite fille. S'il te plaît, je voudrais le garder. On le lavera et on le montrera aux garçons. S'ils veulent le reprendre, je le rendrai.

– Ils ne voudront pas me reprendre ! s'écria Lapin Bleu avec l'énergie du désespoir. Emporte-moi, s'il te plaît, emporte-moi, que je t'appartienne !

Mais bien sûr, ni la petite fille ni sa mère ne pouvaient l'entendre.

– Regarde sa jolie petite tête, maman ! dit la fillette.

Jack entendit un faible cliquetis derrière lui. Le Cochon de Noël avait réussi à ouvrir les portes d'or. Le garçon se glissa entre elles, regardant toujours le lapin par-dessus son épaule.

– Bon, d'accord, dit enfin la voix de la mère, moitié amusée, moitié exaspérée. J'espère qu'au moins il ne va pas boucher la machine à laver !

Et dans un bruit soudain qui ressemblait au sifflement du vent, Lapin Bleu fut aspiré à travers le trou et arraché du pays des Choses perdues, en ayant tout juste le temps d'adresser, d'une patte pleine de boue, un signe d'adieu à Jack qui le regarda disparaître avec une expression de joie incrédule.

SIXIÈME PARTIE

La cité des Regrettés

39

La cité des Regrettés

De l'autre côté des portes, il n'y avait pas de rues, mais un canal bordé de hautes et belles maisons avec des balcons aux balustrades ouvragées. Plusieurs gondoles vides flottaient sur le canal, amarrées à un poteau à rayures rouge et blanc, qui émergeait de l'eau verte. La neige parsemait les embarcations et l'on voyait les flocons tomber à la surface de l'eau. Dans la plus proche des gondoles, une couverture de velours bleu sombre était pliée sur le siège.

– Passe le premier ! murmura à Jack le Cochon de Noël. Monte dans le bateau et cache-toi sous cette couverture !

Jack obéit. Il s'allongea au fond de la gondole et tira sur lui l'épaisse couverture de velours qui était manifestement là pour réchauffer les passagers. Il sentit le bateau osciller lorsque le Cochon de Noël y monta à son tour et se tortilla pour se glisser à côté de lui. Ils restèrent ainsi blottis l'un contre l'autre, espérant que personne ne remarquerait les deux bosses qu'ils formaient sous la couverture. Jack entendit la voix d'un des régulateurs de perte.

– Incroyable, disait-il.

– On aura tout vu, ajouta une autre voix.

– Un petit lapin comme ça, tout crasseux, trouvé et gardé ! dit une troisième voix.

– C'était quand, la dernière fois qu'un Surplus a été sauvé ?

– Oh, il y a des années et des années.

– Je l'ai déjà dit et je le dirai encore, reprit la première voix, les enfants sont bizarres. Imaginez un peu, cette petite fille qui s'attache à une peluche pleine de boue oubliée dans un massif de fleurs depuis une éternité !

Un coup de sifflet retentit au loin.

– Il arrive pile à l'heure, poursuivit la voix. Le train des Égarés.

Jack resta totalement immobile, couché en chien de fusil à côté du Cochon de Noël, écoutant le train qui approchait de plus en plus près dans un halètement de vapeur. Bientôt, le bruit devint assourdissant. Puis, dans un sifflement sonore et un grincement de freins, le convoi s'arrêta. Ils entendirent s'ouvrir les portières des wagons, puis les portes de la ville et enfin des voix poussèrent des exclamations admiratives, des « oh ! », des « ah ! », lorsque les voyageurs virent les magnifiques gondoles qui attendaient de les emmener au cœur de la cité.

– Bienvenue, bienvenue, criaient les régulateurs de perte. Par ici, monsieur... Attention à la marche, Votre Éminence... Peut-être Votre Altesse souhaiterait-elle une gondole particulière...

Jack n'avait jamais entendu les régulateurs traiter des Objets perdus avec autant de respect. Il sentit alors tanguer la gondole lorsqu'un Objet y monta et s'installa sur le siège. Une forte chaleur enveloppa la couverture de velours comme si l'Objet qui venait de prendre place dans l'embarcation était en feu. Jack n'arrivait pas à imaginer ce que cela pouvait être.

– Auriez-vous besoin de ceci, Votre Altesse ? demanda la voix du casse-noisettes, juste au-dessus de la tête de Jack.

Terrifiés, le garçon et le Cochon de Noël se cramponnèrent l'un à l'autre, s'attendant à ce qu'on arrache la couverture de velours qui les cachait.

– Non, merci, je n'ai jamais froid, répondit une voix féminine.

Il y eut à nouveau des grincements, quelques « Attention à la marche, Excellence », puis la voix d'un régulateur de perte s'éleva de ce qui devait être la gondole de tête, d'après ce que Jack pouvait deviner.

– Votre Altesse, Votre Éminence, Votre Excellence, milords, mesdames et messieurs, soyez les bienvenus dans la cité des Regrettés ! Veuillez, s'il vous plaît, rester assis pendant la durée de notre court trajet et nous vous montrerons alors vos nouvelles demeures !

– Il faut trouver le moyen de descendre de ce bateau quand nous serons à l'intérieur de la cité, murmura le Cochon de Noël, son groin contre la joue de Jack tandis que la gondole glissait à la surface du canal.

– Tu crois qu'on pourrait plonger dans l'eau sans se faire voir ? chuchota Jack.

– N'oublie pas l'Objet qui est assis dans le bateau. Il nous verra forcément et donnera l'alerte.

– Je ne sais pas ce que c'est, mais en tout cas, c'est chaud, murmura Jack.

– Oui, approuva le cochon, on dirait des charbons ardents. Je m'étonne que la gondole n'ait pas pris…

Sans le moindre avertissement, quelqu'un saisit alors leur couverture de velours. Pendant un instant d'horreur, Jack fut incapable de voir quoi que ce soit car une lumière dorée aveuglante illuminait la gondole. On aurait dit que le soleil s'était assis à côté d'eux.

– Je ne suis pas du charbon ardent, dit la voix de femme qu'ils avaient déjà entendue.

Une voix qui provenait du cœur de l'éblouissante lumière, si brillante que Jack dut fermer les yeux pendant un moment, mais il continuait de voir la Chose derrière ses paupières.

– Je suis le bonheur.

– Le bonheur ? répéta-t-il.

– En effet, dit-elle. Maintenant, relevez-vous et profitez de la vue. C'est une si belle ville !

– Nous ne pouvons pas nous relever, chuchota Jack, des larmes lui montant aux yeux lorsqu'il essaya de regarder Bonheur. Nous… nous ne devrions pas être là.

– Je m'en doutais, dit Bonheur. Mais personne ne pourra vous voir tant que vous resterez près de moi, car je suis trop brillante. Alors, asseyez-vous et profitons ensemble de cette balade !

Jack et le Cochon de Noël se hissèrent sur le siège qui faisait face à Bonheur. La chaleur qu'elle dégageait était merveilleusement réconfortante après les heures passées dans la rocaille enneigée et, tant qu'ils ne la regardaient pas en face, ils parvenaient, grâce à sa lumière, à contempler le paysage qui s'offrait à leurs yeux.

La cité des Regrettés ne ressemblait à rien de ce qu'ils avaient vu jusqu'à présent au pays des Choses perdues. Les marches qui menaient aux portes des maisons, de chaque côté du canal, descendaient jusqu'à la surface de l'eau qui clapotait contre la pierre. C'était le crépuscule et des guirlandes de Noël illuminées étaient suspendues au-dessus de leur tête. Quelque part au loin s'élevaient les échos d'un cantique de Noël chanté par un chœur. Il y avait beaucoup plus de trous de retrouvaille dans le ciel de la cité des Regrettés que dans celui de la rocaille des Indéplorés et Jack fut content de les voir. Dès qu'ils auraient retrouvé LC, il ne leur serait sans doute pas trop difficile de remonter au pays des Vivants.

Les gondoles passèrent sous un pont de pierre sur lequel

roulait une grosse montre de gousset en argent dont le reflet luisait comme une lune tombée dans l'eau. À la fenêtre d'une maison, un collier d'émeraudes étincelantes adressa un signe aux nouveaux venus en agitant son fermoir tandis qu'une pièce d'or scintillait dans le renfoncement d'une porte. Jack tendit le cou pour mieux voir autour de lui, mais nulle part il n'aperçut de vieux jouets et il n'y avait pas trace de LC. Il distingua cependant d'autres Objets presque aussi étranges et magnifiques que Bonheur.

– Qu'est-ce que c'est, ça ? demanda-t-il au Cochon de Noël en voyant passer une gondole qui allait dans la direction opposée.

Elle transportait un long rouleau de papier – sur lequel étaient imprimés une grande quantité de chiffres – et un trône en or. Les deux Objets insolites se parlaient à voix basse.

– Ce papier représente une fortune envolée, expliqua Bonheur en regardant la gondole. Un riche humain, Là-Haut, a perdu tout son argent. L'interlocuteur de Fortune est un royaume, perdu lui aussi. Il y a bien longtemps, un monarque du pays des Vivants a perdu son trône.

Les yeux de Jack commençaient à s'habituer à l'extrême luminosité de Bonheur et il s'aperçut qu'en lui jetant un coup d'œil de côté, il arrivait à distinguer la silhouette d'une femme qui souriait, au cœur de la lumière aveuglante.

– Comment avez-vous été perdue ? lui demanda-t-il timidement.

– Par négligence, soupira Bonheur. Celle qui me possédait est une actrice. Elle est charmante et talentueuse, mais elle n'a pas été aussi gentille qu'elle aurait dû l'être envers les personnes qu'elle aimait, elle n'a pas non plus travaillé autant qu'elle l'aurait pu, même si elle aimait son métier. Ses dons lui ont valu le succès et des amis, mais sa paresse, son égoïsme les ont éloignés d'elle et, à présent, c'est triste, mais moi aussi, elle m'a perdue.

– Pourra-t-elle vous retrouver ? demanda le Cochon de Noël.

– Ce sera difficile, répondit Bonheur, car elle me cherche là où je ne suis pas et, comme elle n'a pas l'habitude de reconnaître ses erreurs, j'ai bien peur de devoir rester longtemps dans la cité des Regrettés... peut-être à tout jamais. Et vous, allez-vous me dire ce que vous faites ici ? poursuivit Bonheur. Ou bien est-ce un secret ?

– C'est un secret, répondit le cochon avant que Jack ait eu le temps de parler.

– Je m'y attendais. Dans ce cas, reprit Bonheur, en baissant la voix, vous voulez peut-être débarquer ? On dirait que la gondole ralentit, alors je vais briller encore plus fort pour qu'on ne puisse pas vous voir.

Jack et le Cochon de Noël regardèrent autour d'eux. Bonheur avait raison, les gondoles ralentissaient bel et bien.

– Viens, chuchota Jack au cochon en se préparant mentalement à plonger dans une eau glaciale. On va traverser à la nage jusqu'à l'autre rive.

– Bonne chance ! dit Bonheur.

Ils grimpèrent sur le bord de la gondole, puis se laissèrent glisser dans l'eau glacée et s'écartèrent de l'embarcation qui poursuivit son chemin, Bonheur devenant plus brillante que jamais pour qu'on ne puisse pas les voir.

Haletant dans l'eau froide, Jack parvint à nager jusqu'à des marches de pierre qui permettaient d'accéder à la rive du canal. Mais quand il regarda derrière lui, tout ce qu'il vit du Cochon de Noël, ce fut son groin qui paraissait ballotté à la surface. Le cochon était en train de se noyer.

40

Suivis

Jack retourna à la nage auprès de lui, juste à temps pour empêcher le cochon de sombrer à jamais. Il le saisit d'une main puis, donnant de grands coups de pied dans l'eau et s'aidant de sa main libre, il parvint à traîner le cochon trempé jusqu'à la rive et à le hisser sur les marches de pierre.

– Merci, Jack, dit d'une voix pantelante le Cochon de Noël dont le corps en tissu-éponge avait pris une couleur verdâtre. Tu nages très bien ! Mais je me serais volontiers passé de cette expérience, avoua-t-il, en se tordant lui-même pour se sécher, ce qui forma une petite flaque autour de ses pattes.

– Pourquoi tu ne m'as pas dit que tu ne savais pas nager ? lui demanda Jack, secoué de violents frissons, maintenant qu'il était sorti de l'eau et se retrouvait sous la neige qui continuait de tomber.

– Je ne savais pas que j'étais incapable de nager jusqu'à ce que je me sente couler, répondit le Cochon de Noël. Et comme j'avais de l'eau dans la bouche, je ne pouvais plus te prévenir.

Après avoir essoré ses oreilles, qui étaient à présent passablement de travers, il dit :

– Viens, cherchons LC.

Le passage dans l'eau du canal avait eu un effet positif : les billes de plastique qui remplissaient le ventre du cochon s'étaient collées les unes aux autres et ne faisaient plus beaucoup de bruit. Jack et lui se mirent alors en route dans les rues étroites de la cité des Regrettés.

Pavées et bordées de magnifiques villas, les ruelles étaient aussi belles que les canaux. Des couronnes de Noël étincelantes étaient accrochées sur les portes et des sapins ornés de bougies brillaient derrière les fenêtres. Jack et le Cochon de Noël croisèrent quelques Objets en traversant des places couvertes de neige dans l'obscurité qui grandissait, mais aucun ne paraissait très curieux de savoir qui ils étaient. Une splendide broche en diamant, en forme de licorne, s'inclina poliment en rentrant dans sa maison et un magnifique livre à la reliure estampée d'or fit défiler ses pages en guise de salut amical mais, tout comme à Zutcéouça, Jack s'inquiéta de ne pas voir de jouets.

– Tu crois qu'ils mettent les animaux en peluche dans une autre partie de la cité ? demanda-t-il au Cochon de Noël.

– Peut-être, répondit celui-ci. Cette ville semble plus grande que les autres. Mais je crois que nous approchons de l'endroit où ils chantent des cantiques de Noël…

– Oui, dit Jack qui tremblait toujours de froid après son bain glacé dans le canal. Tu crois qu'ils font la fête ?

– Peut-être, répondit le Cochon de Noël.

Il regarda par-dessus son épaule en plissant les paupières, sembla sur le point de dire quelque chose, mais changea d'avis.

– Viens, on va voir si on peut découvrir l'endroit où se trouvent les jouets.

Ils poursuivirent leur chemin, mais plus ils avançaient, plus Jack avait l'impression qu'ils n'étaient pas seuls. Par deux fois, il regarda derrière lui mais ne vit rien. La troisième fois, pourtant, il crut apercevoir quelque chose de noir qui s'éclipsa derrière un coin de mur et disparut.

– Tu as vu ça, CN ? murmura Jack.

– Oui, répondit le Cochon de Noël qui avait regardé au même moment. J'ai cru voir quelque chose qui nous suivait. Je pense qu'il serait plus sûr que nous nous mêlions à la foule… Allons écouter les chanteurs. Vite, dépêchons-nous.

41

Les artistes

Ils se hâtèrent en direction de l'endroit d'où s'élevaient les cantiques et, quelques minutes plus tard, se retrouvèrent sous une arcade qui donnait sur une grande et belle place où étaient accrochées des lumières de Noël argentées, comme le long des canaux. Un chœur d'instruments chantait dans un coin de la place. Tous – du cor français aux violons, aux flûtes et aux tubas – avaient maintenant des voix humaines et Jack n'avait jamais entendu des cantiques de Noël chantés si magnifiquement. Pendant quelques secondes, il oublia à quel point il avait froid, avec son pyjama mouillé, et resta là à s'émerveiller de ce qu'il voyait et entendait.

La place s'étendait devant un immense palais blanc, au toit d'or et aux fenêtres cintrées. De chaque côté des portes du palais se tenaient des régulateurs de perte, un taille-crayon et un maillet qui, comme ceux chargés de garder les portes de la ville, étaient coiffés de chapeaux noirs aux longues plumes de la même couleur.

Un balcon s'étirait sur toute la longueur du palais et Jack y vit des Objets à forme humaine qui écoutaient le chœur des instruments. Tout comme Bonheur, chacune des Choses qui se trouvait là émettait de la lumière. L'une était rouge écarlate, une autre verte et plusieurs autres d'un bleu brillant. Jack était trop loin pour savoir à quoi ressemblaient les silhouettes qu'entouraient ces lumières colorées, mais il était sûr qu'elles devaient être très importantes pour habiter le palais au toit d'or.

Devant Jack et le Cochon de Noël, d'autres Objets étaient rassemblés en une foule compacte sous la neige qui continuait de tomber, leurs ombres allongées dans la lueur du jour déclinant. Apparemment, ils regardaient un spectacle qui se déroulait au milieu des badauds.

– Cachons-nous dans cette foule, murmura le Cochon de Noël en regardant à nouveau par-dessus son épaule. Ouvre l'œil pour voir si LC ne serait pas là, par hasard !

Ils s'avancèrent en direction de la place, les pieds nus et gelés de Jack laissant des traces de pas derrière lui, les pattes du cochon formant des cercles humides dans la neige, et ni l'un ni l'autre ne remarqua la silhouette enveloppée d'une cape noire qui sortit de derrière une colonne de marbre pour les suivre.

Aucun des Objets qui composaient la foule ne prêta

grande attention à Jack ou au Cochon de Noël qui se faufilaient parmi eux. Lorsqu'ils purent voir enfin ce que regardaient les badauds, ils s'arrêtèrent à leur tour et contemplèrent le spectacle.

Tous les artistes étaient transparents et avaient une forme humaine, comme Faux-Semblant. Un bouffon jonglait en exécutant des sauts périlleux arrière, pendant qu'un petit homme à la longue moustache tenait à bout de bras de longues tiges sur lesquelles tournaient des assiettes en équilibre. Un cuisinier faisait sauter des crêpes en les rattrapant chaque fois tandis qu'une danseuse tournoyait dans d'interminables pirouettes. Un vieil homme nouait une longue corde en nœuds compliqués et un autre montrait des tours de cartes.

– C'est qui, ceux-là ? se demanda Jack à haute voix.

Un smartphone tout neuf qui se tenait à côté de lui répondit :

– Ce sont des Dons Perdus. Des tours très habiles que des humains pouvaient faire, mais dont ils ont perdu la pratique, à cause de l'âge, d'une blessure, d'une mémoire défaillante ou d'un manque d'entraînement.

– Est-ce qu'ils peuvent les retrouver ? interrogea Jack.

– Parfois, répondit le smartphone. Hier, un tour de magie virtuose a été brusquement rappelé au pays des Vivants pendant que nous le regardions. Très décevant, car il n'avait pas fini son numéro. Nous sommes toujours désolés de voir partir des dons aussi exceptionnels, car ils nous offrent un spectacle chaque soir à cette heure-ci, mais tous ces numéros ne sont qu'un hors-d'œuvre, attendez de voir le talent du jour.

Bientôt, les Dons Perdus saluèrent le public qui les acclama et quittèrent la place en courant, trébuchant, enchaînant cabrioles et pirouettes, jusqu'à disparaître au loin.

À présent, une très grosse dame transparente, vêtue d'une robe incrustée de joyaux, s'avançait au milieu de la place. Certains spectateurs l'applaudirent, mais le smartphone grogna.

– Vous n'avez pas de chance, j'espérais que ce serait plutôt une de nos histoires – elles sont toujours très divertissantes –, mais c'est une voix.

La Voix prit une profonde inspiration et se mit à chanter dans une langue que Jack ne comprenait pas. Son chant se répercutait en écho sous les arcades de pierre et sur les murs du palais, en faisant siffler ses oreilles. Il pensa qu'elle devait avoir beaucoup de talent, à en juger par les soupirs admiratifs des bijoux et des livres de valeur qui assistaient au récital, mais le smartphone se pencha vers lui et dit :

– Elle a été perdue par une chanteuse d'opéra, Là-Haut. L'opéra, ça ne me dit pas grand-chose. Je vais plutôt rentrer à la maison.

Smartphone s'éloigna en sautillant et Jack aurait aimé le suivre, car l'air que chantait la Voix continuait de lui vriller les tympans mais, au même moment, un Objet lui murmura à l'oreille :

– Excusez-moi, est-ce vous qui cherchez un cochon en peluche ?

42

L'invitation du roi

Jack fit volte-face et se retrouva devant la silhouette d'une femme. Une cape noire la dissimulait de la tête aux pieds, mais une lumière violette filtrait sous son capuchon et sous le bas de sa cape. Remarquant que Jack s'était tourné, le Cochon de Noël l'imita, et lorsqu'il vit la silhouette enveloppée de sa cape, il cessa de se boucher les oreilles avec ses pattes et prit Jack par le bras, prêt à s'enfuir.

– Ne vous inquiétez pas, dit la voix féminine qui s'élevait de la cape. Quelqu'un qui vous veut du bien m'a envoyée vous chercher.

– Est-ce Bonheur ? demanda Jack.

– Oui, c'est Bonheur, répondit la femme, mais si vous ne voulez pas lui attirer d'ennuis, ne le répétez surtout pas. Un Objet qui vous viendrait en aide risquerait de se faire dévorer. Vous avez déjà causé beaucoup de problèmes. Suivez-moi et je vous expliquerai.

Le Cochon de Noël paraissait toujours soupçonneux, mais il suivit la silhouette qui les entraîna à l'écart de la foule et de la Voix, dans l'ombre d'une arcade. Là, la silhouette mystérieuse abaissa son capuchon. Elle dégageait une lumière violette, à la manière dont Bonheur brillait d'une clarté d'or, mais elle n'émettait aucune chaleur. Son visage paraissait plus âgé que celui de Bonheur, et moins aimable.

– Vous savez où est LC ? demanda Jack.

– J'ai bien peur que non, répondit la femme, mais le roi sait. Sa Majesté vous invite tous les deux à dîner au palais, où on vous expliquera tout.

– Qui est ce roi ? demanda le Cochon de Noël d'un ton suspicieux. C'est le Grand Perdeur qui commande, ici. Tout le monde sait cela.

– Le Grand Perdeur commande d'une manière générale, dit la dame violette, mais nous avons une famille royale, ici, dans la cité des Regrettés. Je suis l'ambassadrice de Sa Majesté. Si vous voulez vraiment retrouver votre cochon, le roi est le seul qui puisse vous aider… Je me suis dit qu'au moins vous pourriez être contents d'avoir un abri, ajouta-t-elle tandis que Jack continuait de claquer des dents et que de l'eau verte du canal suintait du Cochon de Noël.

– Ce serait bien de pouvoir se réchauffer, reconnut Jack, mais le cochon semblait toujours méfiant. Voulez-vous nous excuser un instant ? dit-il à la dame violette.

– Bien sûr, répondit celle-ci d'un air un peu contrarié.

– Je sais bien qu'elle ne paraît pas très sympathique, mais on doit pouvoir lui faire confiance si c'est Bonheur qui nous l'a envoyée, chuchota Jack à l'oreille du cochon, lorsqu'ils se furent écartés de quelques pas.

Il avait du mal à se faire entendre car la Voix continuait de résonner tout autour de la place, mais au moins, cela signifiait que la dame violette ne pouvait pas suivre leur conversation.

– LC se trouve peut-être à l'intérieur du palais ! Je l'aime tellement qu'il lui est peut-être permis d'y habiter ! Peut-être qu'il fait partie de la famille royale !

– Je ne le crois pas, répondit le Cochon de Noël, dont le groin trempé commençait à geler dans l'air du soir. Je n'ai jamais entendu dire qu'il y avait un roi ici, en dehors du Grand Perdeur. Et comment cette dame peut-elle savoir qui nous cherchons ? Nous n'avons jamais dit à Bonheur que nous voulions retrouver LC.

– J'imagine que les nouvelles ont circulé, dit Jack. J'ai posé des questions au shérif Binoc Bill et à la pièce d'échecs à son sujet.

– Ça ne me plaît quand même pas, insista le cochon. Je sens un piège.

– C'est la première fois que quelqu'un nous dit qu'il sait où se trouve LC ! fit observer Jack qui commençait à se mettre en colère. Tu as entendu ce qu'a dit Poésie ! Nous devons réussir avant le jour de Noël ou alors je ne pourrai plus partir d'ici et il me sera impossible de ramener LC à la maison ! Il ne nous reste plus beaucoup de temps !

Voyant que le cochon ne répondait pas, Jack poursuivit :

– Très bien, tu n'as qu'à ne pas venir, mais moi, j'y vais !

Jack tourna alors les talons et rejoignit à grands pas la dame violette dont la lumière brillait comme une flamme pourpre dans l'obscurité de l'arcade. Jack entendit derrière lui le crissement des billes de plastique dans le ventre du Cochon de Noël et il sut que celui-ci avait décidé de le suivre.

43

Le palais

Lorsqu'elle apprit qu'ils étaient prêts à l'accompagner, la dame violette eut un bref sourire qui découvrit des dents plutôt pointues, puis elle les conduisit vers le palais, sa cape noire flottant au vent dans son sillage.

– Comment allons-nous faire pour passer devant les régulateurs de perte ? demanda Jack alors qu'ils approchaient des portes d'or du palais.

– Oh, ne vous inquiétez pas pour eux, répondit la dame violette avec un sourire hautain. Ici, dans la cité des Regrettés, c'est le roi qui commande aux régulateurs et je suis la représentante de Sa Majesté. Je vous souhaite le bonsoir ! dit-elle avec superbe au taille-crayon et au maillet qui s'inclinèrent tous deux en ouvrant chacun un des battants de la double porte.

La tête du maillet était si lourde qu'il faillit basculer

en avant mais se rattrapa en s'agrippant à la poignée de la porte.

– Bonsoir, Excellence, répondirent-ils en même temps.

Une merveilleuse tiédeur enveloppa Jack et le Cochon de Noël lorsqu'ils franchirent le seuil du palais. Ils foulaient à présent un épais tapis cramoisi qui parut très doux aux pieds gelés et meurtris de Jack. Des feux jumeaux brûlaient dans deux cheminées de marbre, de chaque côté d'un somptueux escalier aux rampes d'or. Au pied des marches se tenaient les mêmes boucles d'oreilles en diamant que Jack avait vues dans la salle des Égarés. Elles semblaient avoir trouvé là un emploi de servantes car elles prirent la cape noire de la dame violette, firent une révérence et s'éloignèrent en se tortillant avant de disparaître par une porte de service.

– Par ici, dit la dame violette en montant l'escalier, suivie par Jack et le Cochon de Noël.

– Pourrions-nous connaître votre nom, Excellence ? demanda le cochon, répétant le titre qu'il avait entendu dans la bouche des régulateurs de perte.

Maintenant qu'elle ne portait plus sa cape, la dame violette remplissait le hall de sa lumière pourpre. Grande et mince, elle baissa les yeux vers eux et répondit :

– Je m'appelle Ambition.

– Comment peut-on perdre son ambition ? se demanda Jack à voix haute.

– En étant sotte, répliqua froidement la dame violette. Ma maîtresse et moi, nous avions réussi de grandes choses ensemble. C'est une femme politique – ou plutôt c'était. Elle a subi un petit échec – en perdant une élection sans importance –, mais cela n'aurait jamais dû l'affecter ! s'écria Ambition qui s'arrêta soudain.

Jack, surpris, faillit se cogner contre elle. Ses yeux lançaient des étincelles et, pendant un instant, il la trouva assez effrayante.

– Nous aurions pu nous remettre de cet échec et monter ensemble vers des sommets encore plus élevés ! Mais non… elle m'a perdue, cette idiote sans volonté ! hurla Ambition en brandissant le poing vers le trou de retrouvaille qui s'ouvrait au plafond.

Le son de ses paroles renvoyé en écho par les murs de marbre sembla lui faire reprendre conscience d'elle-même. Elle respira profondément à plusieurs reprises.

– Toutes mes excuses, dit-elle avec raideur. Il y a maintenant plusieurs années que je vis dans ce palais en attendant qu'elle me retrouve. Parfois, j'ai peur que cela n'arrive jamais… mais ce n'est pas ce qui vous aidera à retrouver votre cochon.

Elle recommença à monter les marches. Jack et le Cochon de Noël échangèrent un regard et la suivirent. Jack voyait bien que le cochon éprouvait à présent de plus en plus de doutes à l'égard d'Ambition et, en vérité, elle l'avait rendu un peu inquiet lui aussi. Il ne voulait pas revenir en arrière, cependant, aussi s'efforça-t-il de paraître joyeux et insouciant.

En haut de l'escalier, ils arrivèrent devant une autre porte à double battant qui leur fut ouverte par deux couteaux à poisson en or massif.

– Excellence, murmurèrent les couteaux avec respect tandis qu'Ambition franchissait la porte qui menait dans une grande salle.

Jack et le Cochon de Noël la suivirent, observés avec curiosité par les couteaux étincelants.

44

La famille royale

La salle dans laquelle ils entraient à présent était encore plus somptueuse que le hall, avec des colonnes et des miroirs dorés. Sur le plafond voûté étaient peintes des fresques représentant les trois villes du pays des Choses perdues : les maisons basses en bois de Jetables-City, les petits chalets proprets, couronnés de neige, de Zutcéouça et les villas au bord des canaux de la cité des Regrettés. Sous le plafond, une longue table éclairée de chandelles, dressée d'assiettes d'or et de verres en cristal, pouvait recevoir jusqu'à quinze convives. À l'une de ses extrémités, on voyait un grand trône d'or, vide pour le moment.

Face à un autre feu de cheminée, au cœur d'une boule de lumière couleur émeraude, se tenait un très beau jeune homme qui s'examinait avec attention dans le miroir surmontant le manteau de la cheminée. Il paraissait ravi de ce qu'il y voyait.

– Bonsoir, dit-il sans détacher les yeux de son propre reflet, tout en tournant la tête d'un côté et de l'autre afin d'avoir une meilleure vue de ses deux profils.

– Voici Beauté, dit Ambition en montrant l'homme vert émeraude, et là, ajouta-t-elle devant une boule de lumière orange, au milieu de laquelle se tenait un jeune homme au visage joufflu et souriant, c'est Optimisme. Ils vous feront la conversation pendant que j'avertis Sa Majesté que ses invités sont arrivés.

Ambition sortit de la salle d'un pas vif, laissant là Jack et le Cochon de Noël qui se sentaient mal à l'aise et extrêmement miteux dans toute cette splendeur. Dès que les couteaux à poisson en or massif eurent refermé la porte sur Ambition, Optimisme s'approcha d'un pas bondissant de Jack et du cochon, avec un grand sourire d'une oreille à l'autre. Il avait des yeux ronds, naïfs et, tout comme Bonheur, diffusait autour de lui une agréable chaleur. Après avoir saisi et serré la main de Jack, puis fait de même avec la patte du Cochon de Noël, il s'écria :

– Quel plaisir de vous rencontrer ! Vous êtes des Objets infiniment sympathiques ! J'ai l'impression de vous avoir toujours connus ! Soyons amis !

– Bonjour, dit timidement Jack.

– J'ai entendu dire que vous cherchiez un vieux cochon en peluche ? reprit Optimisme en bondissant sur place d'un air enthousiaste.

– Oui, répondit Jack.

– Eh bien, je suis certain que vous allez le retrouver ! Tout va se passer magnifiquement bien ! Et vous allez adorer notre roi ! Il est merveilleux – pendant un instant, le sourire d'Optimisme faiblit un peu, puis redevint aussi rayonnant que d'habitude –, tout au fond de lui-même, comprenez-vous ?

– Est-ce qu'il n'y aurait pas quelqu'un pour m'admirer ? lança Beauté d'un ton indigné en se détournant du miroir pour regarder Jack et le Cochon de Noël.

– Oh… euh… si, bien sûr, répondit le cochon. Vous êtes très beau.

– On ne peut pas en dire autant de vous, répliqua Beauté avec un sourire narquois, son regard se posant successivement sur le cochon trempé, avec ses oreilles de travers, puis sur Jack, avec ses pieds nus, dégoûtants, et son pyjama plein de boue. Votre beauté aussi doit se trouver quelque part au fond de vous ou peut-être n'avez-vous aucune idée de ce que c'est ?

Après avoir fait cette remarque très discourtoise, Beauté se tourna à nouveau vers le miroir. Une porte s'ouvrit alors tout au fond de la salle et une boule de lumière indigo entra. Pendant un instant, Jack pensa que c'était peut-être le roi, mais lorsque la lumière s'approcha, il vit en son centre une très vieille dame qui traînait les pieds.

– Bonsoir, dit-elle d'une voix aiguë et cassée.

– Bonsoir, répondit le Cochon de Noël.

– Je vous présente Mémoire, dit Optimisme.

Mémoire regarda le cochon pendant un moment, puis elle dit :

– Il y a quatre-vingt-cinq ans, ma maîtresse possédait un cochon, mais il était en porcelaine, c'était ce que nous appelons une tirelire. Il avait des fleurs bleues peintes sur ses flancs et elle se servait de ce petit cochon pour y mettre son argent de poche. Un dimanche après-midi, il y a quatre-vingt-quatre ans, la jeune sœur de ma maîtresse, Amelia-Louise…

– Mémoire, l'interrompit Beauté en bâillant, personne ne s'intéresse à ce que tu dis, tout le monde s'en fiche.

– Oh, mais je suis sûr que ce doit être une histoire passionnante ! déclara Optimisme, toujours rayonnant.

Jack se demanda comment il pouvait sourire autant sans avoir mal aux joues.

– … a cassé cette tirelire décorée de petites fleurs bleues…

– Nous avons déjà entendu ça au moins mille fois, gémit Beauté pendant que Mémoire continuait de marmonner son histoire.

La porte au fond de la salle s'ouvrit à nouveau. Six boules de lumière bleue entrèrent alors, avec en leur centre six hommes identiques, petits, bien propres, l'air sérieux. Ils ne pouvaient tous être rois, pensa Jack, de plus en plus déconcerté.

– Bonsoir, dirent les six hommes en couvrant d'une même voix le récit de Mémoire qui continuait de raconter son histoire de la tirelire en forme de cochon. Nous sommes les Principes.

Ils s'inclinèrent d'un même mouvement et Jack, qui ne savait ce qu'il aurait pu faire d'autre, leur rendit leur salut, tout comme le Cochon de Noël, dont les billes de plastique séchées par le feu de la cheminée produisaient à nouveau leur bruissement familier.

– Je croyais que le roi vous avait dit de rester dans vos chambres, dit Beauté en regardant avec un froncement de sourcils le reflet des Principes dans son miroir.

– Après avoir considéré avec attention l'ordre de Sa Majesté, répondirent les Principes, toujours d'une même voix, nous avons estimé qu'il serait contraire à nous-mêmes de demeurer dans nos chambres.

– Qu'est-ce que c'est, des principes ? murmura Jack à l'oreille du Cochon de Noël.

Les Principes semblaient l'avoir entendu, car ils répondirent ensemble :

– Nous sommes les Choses grâce auxquelles les êtres humains se comportent avec honnêteté et décence. Hélas, celui à qui nous appartenions – un homme d'affaires – nous a perdus l'un après l'autre en cherchant à s'enrichir. Il est devenu un escroc fortuné. Il aime l'argent et pourtant il est malheureux, parce qu'il sait qu'on avait pour lui davantage d'affection et de respect lorsqu'il nous possédait. Malheureusement, les principes perdus sont les choses les plus difficiles à retrouver, et c'est pourquoi nous nous attendons à devoir vivre ici à tout jamais. Nous avons donc un nouveau travail. Nous nous efforçons de maintenir le roi sur le chemin de la vertu.

– Le roi a-t-il souvent besoin de votre aide ? interrogea le Cochon de Noël.

Mais avant que les Principes aient pu répondre, une fanfare retentit et les portes qui se trouvaient derrière eux s'ouvrirent.

45

Le roi

Toute la salle était à présent remplie d'une lumière rouge écarlate qui se reflétait dans les coupes de cristal et baignait les assiettes d'une couleur rouge sang. La silhouette cramoisie qui se tenait dans l'embrasure de la porte faisait apparaître Ambition elle-même, qui la suivait, bien terne en comparaison.

Beauté, Optimisme et les Principes s'inclinèrent, et Jack ainsi que le Cochon de Noël les imitèrent, tandis que Mémoire se pliait en une profonde révérence et se taisait enfin.

– Voici, annonça fièrement Ambition à Jack et au Cochon de Noël, Pouvoir, notre roi. Majesté, ce sont les deux invités que vous attendiez : ceux qui cherchent le cochon perdu.

En plissant les paupières, Jack parvint à distinguer la silhouette qui projetait autour d'elle la lumière écarlate.

C'était un homme massif à l'air féroce, le menton en avant, le visage rébarbatif.

– Bienvenue, dit-il d'une voix retentissante. Que pensez-vous de ma ville ? Elle vous plaît ?

– Elle est très belle, Votre Majesté, répondit le Cochon de Noël.

Jack, lui, avait trop peur pour ouvrir la bouche.

– Très belle ? répliqua Pouvoir, apparemment mécontent. Il y a beaucoup d'endroits qui sont très beaux. Je considère ma ville comme magnifique. Prodigieuse. *SUBLIME !*

Il prononça le dernier mot d'une voix tonitruante qui fit sursauter tout le monde.

– Oui, elle est tout cela ! couina le Cochon de Noël.

Pouvoir se tourna vers les Principes.

– Je PENSAIS, cria-t-il, vous avoir dit de rester dans vos CHAMBRES ?

– Il aurait été contraire à nous-mêmes d'y demeurer, répétèrent les Principes, parlant toujours d'une même voix.

Les énormes mains de Pouvoir se serrèrent en deux poings massifs et il se mit à grincer des dents. Jack et le Cochon de Noël firent tous deux un pas en arrière.

– Votre Majesté, murmura Ambition en posant une main sur le bras épais de Pouvoir. Je vous supplie de vous rappeler notre objectif.

Son contact sembla convaincre Pouvoir que ce n'était pas le moment de s'en prendre aux Principes.

– Tu as parfaitement raison, Ambition. ASSIS, tout le

monde ! tonna le roi qui s'avança d'un pas nonchalant vers l'extrémité de la table et prit place sur le trône.

Jack s'assit entre le Cochon de Noël et Beauté, qui admirait à présent son reflet au dos d'une cuiller brillante. Optimisme s'installa sur le siège qui faisait face à Jack, arborant son éternel sourire éclatant.

– Aucune raison d'être inquiet ! lança-t-il de l'autre côté de la table. Je suis certain que tout se passera magnifiquement bien !

– Excellent, grogna Pouvoir en réponse à quelque chose qu'Ambition venait de lui glisser à l'oreille.

Même lorsqu'il faisait simplement la conversation, sa voix était si forte que les couverts en tremblaient.

– La porte est verrouillée ? ajouta-t-il.

– Elle le sera quand les serviteurs auront confirmé qu'elle s'est bien mise au lit, répondit Ambition. Quant à l'autre… j'ai bien peur de n'avoir pas réussi à la retrouver. Votre Majesté sait bien à quel point elle est habile à se dissimuler dans les endroits les plus sales où aucun Objet convenable n'irait s'aventurer. J'ai envoyé les régulateurs de perte essayer de la captu… je veux dire de la retrouver, se corrigea-t-elle en lançant un bref coup d'œil à Jack. Mais hélas, ils n'ont pas réussi.

Jack en conclut que Pouvoir et Ambition parlaient des Choses qui auraient dû être assises sur les deux sièges restés vides, mais il avait bien trop peur pour poser des questions.

Pouvoir frappa à deux reprises ses énormes mains l'une contre l'autre. Aussitôt, une procession d'Objets se rua dans la salle par les portes de service, les bras chargés de victuailles qui constituaient, là encore, un étrange assortiment.

Il y avait un unique bonbon à la menthe aussi gros que la tête de Jack, quelques chips géantes, une tranche de gâteau d'anniversaire de la taille d'un oreiller, du pop-corn comme des choux-fleurs et, plus grande encore que les autres, une décoration de Noël en chocolat, enveloppée dans du papier d'argent coloré, et qui avait la forme d'un gros père Noël. La pince à sucre qui le portait poussa un gémissement en le hissant sur la table.

– La seule nourriture qu'on serve ici, c'est bien sûr celle qui a été perdue, dit le roi de sa voix tonitruante en s'adressant à Jack, pendant que les Objets qui avaient apporté les victuailles quittaient précipitamment la salle. Nous sommes, nous autres, des Choses qui n'ont pas besoin de se nourrir – mais TOI, tu vas vouloir manger, poursuivit-il en lançant à Jack un regard flamboyant, parce que TOI, bien entendu, tu es un GARÇON VIVANT !

46

Le plan de Pouvoir

Dès que Pouvoir eut crié les mots « garçon vivant », des cliquetis métalliques sonores retentirent à chaque extrémité de la salle et Jack comprit que les serviteurs venaient de verrouiller les portes de l'extérieur.

– Nous redoutions quelque chose de ce genre, chuchotèrent les Principes d'un seul murmure.

– Ce n'est pas un garçon vivant, dit le Cochon de Noël d'une petite voix aiguë. C'est une figurine articulée !

– Exactement, assura Jack, la bouche sèche. Je suis Pyjama Boy, qui commande au sommeil et aux rêves.

– Un héros de dessin animé ! ajouta le Cochon de Noël.

– Nous désapprouvons le mensonge, dit la voix des Principes.

– Il y a quatre-vingts ans, intervint Mémoire, la sœur de ma maîtresse, Amelia-Louise, a été surprise à mentir lorsque…

– SILENCE ! s'écria Pouvoir en frappant la table de son poing énorme.

L'une des coupes de cristal se renversa et se fendit. Mémoire se tut à nouveau. Pouvoir se leva, brûlant d'un rouge plus profond, plus sombre que jamais, et toutes les Choses réunies autour de la table semblèrent inquiètes, à l'exception d'Ambition dont les yeux recommençaient à jeter des étincelles, et qui découvrit ses dents pointues dans un large sourire.

– SAIS-TU pourquoi, tonna Pouvoir en fixant Jack du regard, je suis ICI, au pays des Choses perdues ?

– Non, murmura le garçon.

Sous la table, le Cochon de Noël tendit une patte et saisit la main de Jack.

– Celui qui me possédait, dit Pouvoir en se mettant à marcher de long en large, m'a perdu parce qu'il n'a pas réprimé avec suffisamment de dureté (il frappa la paume de sa main de son poing massif) ses ENNEMIS. Lui et moi, nous dirigions un PAYS tout entier ! Pour me garder, mon maître gardait le PEUPLE (lorsqu'il cria ce mot, son visage se tordit dans une expression de dégoût et de haine) à sa place, c'est-à-dire À GENOUX ! poursuivit-il d'une voix de tonnerre, un éclat de folie dans ses yeux d'un rouge brillant. Mais ALORS, beugla-t-il, un garçon comme TOI a osé DÉFIER mon maître en PUBLIC ! Et CET ENFANT a donné au PEUPLE le courage de se RÉVOLTER !

La voix de Pouvoir s'éleva jusqu'à devenir un véritable hurlement.

– ET C'EST AINSI QUE J'AI ÉTÉ ASPIRÉ ICI, AU PAYS DES CHOSES PERDUES !

– Pouvoir, mon cher, dit Beauté, cessez donc de crier ainsi. Outre le raffut que vous faites, cela vous rend particulièrement laid.

– Alors, vous nous avez attirés ici pour vous venger des jeunes garçons en général, c'est ça ? demanda le Cochon de Noël qui serrait toujours la main de Jack sous la table.

– Bien sûr que non, répliqua Ambition d'un ton dédaigneux. Les petites vengeances ne nous intéressent pas. Notre but est de faire ce qu'il faudra pour nous élever encore plus haut, étendre notre prestige, obtenir de plus grands succès…

– Accroître notre POUVOIR ! rugit le roi. Nous savons ce que vous cherchez : le dénommé LC…

– Où est-il ? demanda Jack, au désespoir. Vous le savez ?

– OUI, JE LE SAIS ! s'écria Pouvoir. MAIS VOUS NE LE TROUVEREZ JAMAIS, JAMAIS, PARCE QUE JE VAIS VOUS LIVRER AU GRAND PERDEUR ! EN ÉCHANGE, IL ME RÉCOMPENSERA. ALORS, AVEC AMBITION COMME REINE À MES CÔTÉS, JE RÉGNERAI SUR DES TERRITOIRES ENCORE PLUS VASTES, JUSQU'À CE QUE MON POUVOIR RIVALISE AVEC LE SIEN !

– Du calme, Majesté, du calme, dit Ambition en posant à nouveau une main osseuse sur le bras de Pouvoir. Souvenez-vous que nous devons passer aux votes pour pouvoir continuer… Maintenant, écoutez-moi bien, tous, poursuivit-elle en s'adressant à Beauté, Optimisme, Mémoire et les Principes. Si nous livrons ces deux-là au Grand Perdeur, il nous donnera peut-être quelque chose en retour. Peut-être un palais plus grand, avec encore plus de miroirs (elle lança un coup d'œil à Beauté) ou la garantie qu'il ne franchira jamais les murs de la ville ! Nous pourrons peut-être même avoir notre mot à dire concernant ceux qu'on envoie dans la cité des Regrettés ! De temps à autre, certains Objets qui arrivent ici ne répondent pas aux critères que nous attendons… Vous vous souvenez tous, j'en suis sûre, de cette Poésie débraillée et de ce vulgaire, cet épouvantable Faux-Semblant. Beauté, quel sera votre vote ?

– Vous savez que j'ai terriblement peur que tout cela tourne à la bagarre, répondit Beauté en se levant. Et je ne me bats jamais. On risque fort de se faire décoiffer, et dans les cas les plus graves, on peut même perdre une dent. Je vais plutôt aller me coucher. Votez sans moi.

– Tu n'iras nulle part, gronda Pouvoir. Les portes sont verrouillées. Tu vas voter, sinon, c'est moi qui ferai sauter toutes tes dents. Veux-tu livrer ces deux-là au Grand Perdeur, oui ou non ?

– Oh, eh bien, si cela signifie davantage de miroirs, c'est oui, soupira Beauté en se rasseyant.

Il prit sa cuiller et recommença à admirer son reflet.

– Mémoire, ma chère, reprit Ambition, je suis sûre que vous êtes d'accord pour livrer ces fugitifs au Grand Perdeur.

– Il y a soixante-neuf ans, répondit Mémoire, de sa voix

cassée et haut perchée, ma maîtresse et sa sœur, Amelia-Louise, sont allées voir un film qui s'appelait *Le Fugitif*...

– Mémoire, concentrez-vous, l'interrompit sèchement Ambition. Nous sommes en train de voter. Devons-nous livrer le garçon et le cochon au Grand Perdeur, oui ou non ?

La vieille dame qui brillait d'une couleur indigo tourna son regard vers Jack et le Cochon de Noël. Il y eut un long silence. Puis Mémoire dit :

– Non. Ils ne m'interrompent pas quand j'évoque des souvenirs. Je les aime bien.

– Merci, Mémoire, murmura le cochon qui serrait toujours la main de Jack sous la table.

– Et toi, Optimisme ? demanda Pouvoir d'un ton impérieux.

– Je leur ai dit que tout se passerait à merveille ! répondit Optimisme, la lèvre tremblante. Je leur ai dit que vous étiez bon et aimable, Pouvoir !

– VOTE ! tonna le roi.

– Alors, je vote non, dit Optimisme avec un petit sanglot. Et je suis sûr que, au fond de vous, Pouvoir – très, très loin au fond –, il y a un peu de bonté et quand vous y aurez réfléchi, vous changerez d'avis et vous les autoriserez à vivre au palais avec nous !

– TAIS-TOI ! rugit Pouvoir. Et vous, les Principes ? Vous avez conscience que ces deux-là ont enfreint les lois du pays des Choses perdues ? Il est interdit aux vivants d'entrer ici !

– C'est vrai, répondirent les Principes, parlant d'une seule voix, comme d'habitude. Nous désapprouvons qu'on enfreigne la loi.

– Alors, vous votez oui ? demanda Ambition avec empressement.

Mais avant que les Principes aient pu répondre, deux nouveaux cliquetis métalliques retentirent et une voix familière s'éleva au fond de la salle :

– Pourquoi m'a-t-on enfermée dans ma chambre ?

Une aveuglante lumière d'or remplit alors la salle tandis que Bonheur faisait son entrée.

47

Les deux dernières invitées

– Je… je pensais que vous aviez besoin de repos après votre long voyage, Altesse, répondit Ambition, mal à l'aise.

Elle s'inclina en une profonde révérence alors que Bonheur s'avançait dans la salle, projetant tout autour d'elle sa lumière d'or.

– Je pensais que vous ne souhaitiez pas être importunée par ces petites affaires très ennuyeuses, le soir même de votre arrivée.

– Comment êtes-vous SORTIE de votre chambre ? demanda Pouvoir avec force. Et comment avez-vous pu franchir CES portes ?

– C'est moi qui les ai ouvertes, répondit une seconde voix. Vous savez très bien qu'aucune serrure ne peut me résister, Pouvoir.

Jack n'avait pas remarqué la présence de l'autre Chose qui avait pénétré dans la salle, car l'éclat de Bonheur l'avait aveuglé pendant un instant. À présent, cependant, il voyait une femme aussi grande qu'Ambition, mais à la silhouette beaucoup plus solidement bâtie. Elle était très belle. La lumière rose qu'elle diffusait était toutefois beaucoup moins brillante que celle des autres. À la différence de ses semblables de la famille royale, elle avait des ailes : non pas des ailes raides en plastique doré, comme celles de l'ange brisé, sur la rocaille, mais de grandes ailes dotées de plumes dont la couleur variait du blanc au rose foncé et qui balayaient le sol derrière elle à la manière d'une traîne.

– Quel plaisir de vous revoir tous les deux, dit Bonheur en adressant un sourire à Jack et au Cochon de Noël. Je vous présente, ajouta-t-elle en montrant sa compagne, mon amie Espérance.

La dame rose sourit à son tour à Jack et au cochon qui, en dépit de la terreur qu'ils éprouvaient, lui rendirent son sourire. Espérance et Bonheur s'assirent sur les deux sièges restés vides autour de la table.

– Alors, il paraît qu'il y a un vote pour savoir s'il faut livrer nos hôtes au Grand Perdeur, dit Bonheur. Continuez, je vous en prie. Nous serons très heureuses d'y participer.

– Très bien, répondit Ambition. Ce garçon vivant et son cochon ont enfreint la loi en se fixant un objectif impossible. La seule manière pour un Objet perdu de retourner au pays des Vivants, c'est d'être retrouvé Là-Haut. Or, comme LC ne pourra jamais être retrouvé…

– Et pourquoi ? l'interrompit Jack.

– Parce qu'un camion lui a roulé dessus sur l'autoroute, répondit Ambition avec un sourire cruel. Il ne reste plus de LC, au pays des Vivants, que quelques billes de plastique éparses et un morceau de peluche. On ne peut plus le retrouver, aussi restera-t-il avec nous à tout jamais.

– Non, murmura Jack. Je ne le crois pas. Ça ne peut pas être vrai.

Mais en disant cela, il se rappela le petit signe de tête que papy avait adressé à mamie lorsqu'il était revenu à la voiture après avoir cherché LC.

– Tu peux quand même le retrouver, dit le Cochon de Noël d'un ton décidé, en serrant toujours la main de Jack sous la table. Je te le promets, Jack, tu peux sauver LC.

– Bien parlé, Cochon, approuva Espérance. Ambition a oublié que cette nuit est très particulière au pays des Vivants. (Se tournant vers le roi, elle poursuivit :) Ces deux-là sont venus courageusement au pays des Choses perdues dans l'espoir de réaliser l'impossible et ce soir, pendant la nuit des miracles et des causes perdues, ils ont une chance d'y parvenir.

– Ce qu'ils méritent largement, ajouta Bonheur. Je vote contre l'idée de les livrer au Grand Perdeur.

– Et moi aussi, dit Espérance.

– Dans ce cas, reprit Ambition en posant à nouveau une

main sur le bras de Pouvoir, car le roi semblait au bord d'une nouvelle explosion de rage, trois d'entre nous ont voté pour qu'on les livre au Grand Perdeur et quatre contre. Le vote décisif dépend du choix des Principes.

Elle se tourna vers les six petits hommes bleus parfaitement identiques.

– Vous êtes d'accord pour dire que ces deux-là ont enfreint la loi ?

– En effet, répondirent les Principes, toujours de leur même voix.

– Mais livrer un être humain au Grand Perdeur serait un meurtre et c'est le pire crime qui soit ! dit le Cochon de Noël.

– C'est également vrai, admirent les Principes.

– Je veux simplement retrouver LC ! dit Jack, d'un ton désespéré. Je n'ai jamais voulu faire le moindre mal !

– Alors, quel sera votre vote, Principes ? demanda Ambition avec insistance, sans prêter attention à Jack. Que devrait-il arriver aux menteurs et aux contrevenants qui désobéissent aux lois traditionnelles du pays des Choses perdues ? Quels que soient leurs motifs, ne pensez-vous pas qu'ils appartiennent au Grand Perdeur, qui doit être seul juge de leur châtiment ?

– Si, répondirent trois des Principes, mais les trois autres répondirent : « Non. »

– Sept contre six, on a gagné ! murmura Jack au Cochon de Noël, mais au même moment, Pouvoir se leva d'un bond.

– JE VOTE POUR DIRE QUE LES VOTES NE COMPTENT PAS ! rugit-il, les dents découvertes, les poings serrés, en précipitant à terre le bonbon à la menthe géant.

Beauté se laissa glisser lentement sous la table, disparaissant bientôt et gardant à la main sa cuiller d'argent poli. Mémoire marmonna quelque chose au sujet d'Amelia-Louise, mais personne n'entendit ce qu'elle disait car Pouvoir cria :

– RÉGULATEURS DE PERTE, EMMENEZ IMMÉDIATEMENT CES DEUX CHOSES AUPRÈS DU GRAND PERDEUR !

48

Fuite

Dès que le roi eut prononcé ces paroles, les deux doubles portes, à chaque extrémité de la salle, s'ouvrirent à la volée et, dans une grande clameur mêlée de cliquetis sonores, la plus grande troupe de régulateurs de perte que Jack ait vue depuis son séjour dans la salle des Égarés fit soudain irruption. Il y avait des rasoirs, des ciseaux, des pinces, des couteaux, des cisailles, des burins ainsi que l'énorme maillet, tous coiffés des chapeaux noirs emplumés propres aux gardes du palais. Jack et le Cochon de Noël bondirent de leurs sièges. Jack attrapa du pop-corn, prêt à s'en servir comme projectile, et le cochon ramassa le bonbon à la menthe géant.

– EMPAREZ-VOUS D'EUX ! gronda Pouvoir.

Pendant un instant, Jack eut la certitude qu'on allait les capturer, les emmener dans le repaire du Grand Perdeur et qu'il ne reverrait plus jamais ni maman, ni LC.

Mais, à son grand étonnement, il sentit un bras tiède et vigoureux lui entourer la taille, entendit un grand battement d'ailes et fut emporté dans les airs, au-dessus des rugissements et du fracas que produisaient tous les Objets métalliques qui s'entrechoquaient. Espérance avait saisi Jack dans un bras et le Cochon de Noël dans l'autre, et s'envolait maintenant, de ses ailes immenses, traversant la salle tandis que Pouvoir hurlait de rage. Bonheur augmenta l'intensité de son rayonnement éblouissant, semant la confusion parmi les Objets qui s'étaient lancés à la poursuite des fugitifs, puis Espérance franchit en volant l'une des doubles portes et s'enfuit le long d'un couloir sombre.

– Où va-t-on ? demanda Jack en se cramponnant au bras puissant d'Espérance qui continuait de voler, dans le tintamarre des régulateurs de perte qui les pourchassaient.

– Voir LC, répondit-elle. Je n'ai pas le droit d'entrer là où il se trouve. Seuls les plus précieux Objets du pays des Choses perdues sont autorisés à pénétrer dans cet endroit. Je peux t'emmener tout près, cependant, mais tu devras te débrouiller pour parcourir toi-même la dernière partie du chemin. Arrache cette tapisserie du mur, ajouta-t-elle.

Jack tendit la main et attrapa une tapisserie accrochée au mur. La lourde étoffe se détacha en se déployant derrière eux. Elle était si lourde qu'elle ralentissait un peu leur allure et Jack dut rassembler toutes ses forces pour ne pas la lâcher. En entendant les cris et les chocs métalliques qui s'élevaient de la troupe des régulateurs de perte, il eut l'impression qu'ils étaient en train de gagner du terrain, mais Espérance s'engagea dans un escalier qui montait en colimaçon, la tapisserie flottant dans leur sillage, jusqu'à ce qu'ils atteignent une porte fermée par un gros verrou.

Jack eut la certitude qu'ils étaient pris au piège, à présent, mais lorsque Espérance s'éleva vers la porte, le verrou sauta, le battant s'ouvrit comme si on l'avait défoncé et ils s'envolèrent au-dehors, dans la neige qui tombait.

– Vite, dit Espérance qui atterrit sur le toit d'or du palais et y déposa Jack et le Cochon de Noël. Enveloppez-vous dans cette tapisserie pour que je puisse vous porter plus facilement. Il fera froid pendant le voyage et vous êtes déjà mouillés.

Lorsqu'ils se furent enroulés dans la lourde étoffe, Espérance déploya à nouveau ses ailes puissantes, saisit la tapisserie entre ses mains et s'éleva une nouvelle fois dans les airs, portant maintenant Jack et le cochon comme dans une sorte de hamac.

À travers l'épaisse tapisserie, Jack entendait les cris de rage des régulateurs de perte qui s'étaient précipités sur le toit pour essayer de les rattraper et la voix puissante de Pouvoir qui vociférait :

– REVENEZ ! RAMENEZ-LES !

Mais Espérance continuait de voler et bientôt les cris s'éloignèrent, puis s'évanouirent complètement. On n'entendait plus maintenant que le battement des ailes larges et vigoureuses d'Espérance.

49

L'histoire d'Espérance

La tapisserie était poussiéreuse mais confortable, car Jack et le Cochon de Noël s'étaient blottis l'un contre l'autre. Après leur fuite terrifiante à travers le palais de Pouvoir, Jack éprouvait un grand réconfort à sentir les pattes du cochon autour de lui. Il n'était même pas incommodé par l'odeur du canal qui émanait de lui.

Maintenant qu'ils étaient en sécurité, Jack se rendait compte qu'il était enfin sur le chemin qui menait à LC et, dans son enthousiasme, il serra contre lui le Cochon de Noël.

– Nous avons presque réussi, dit-il. J'ai eu tellement peur là-bas, pas toi ?

– Si, très peur, répondit le cochon. Nous devons remercier Espérance. Sans elle, nous serions en route pour le repaire du Grand Perdeur, à l'heure qu'il est.

– Je sais, dit Jack. (Il éleva alors la voix et lança :) Merci beaucoup, Espérance.

– Il n'y a pas de quoi, dit-elle, sa voix résonnant au-dessus de leur tête. Vous êtes bien installés ?

– Très bien, assura Jack.

– Nous ne sommes pas trop lourds ? s'inquiéta le Cochon de Noël.

– Oh non, répondit Espérance. J'en ai transporté de bien plus lourds que vous.

– Comment avez-vous été perdue, Espérance ? demanda Jack.

– C'est une triste histoire, j'en ai bien peur, répondit sa voix, couvrant le battement de ses ailes. Celle qui me possédait est en prison.

– En prison ? s'exclama Jack, le souffle coupé. Qu'a-t-elle fait ?

– Rien de mal, assura Espérance. Au contraire, elle faisait quelque chose de très bien : elle protestait contre un dirigeant politique dans le genre de Pouvoir. Il était furieux et l'a fait enfermer en prétendant qu'elle avait enfreint la loi. Le juge avait trop peur pour prendre une décision qui aurait déplu au président et voilà comment celle qui me possédait se retrouve actuellement avec dix autres prisonnières, dans une cellule où l'on peut à peine s'étendre et où on ne leur donne pas assez à manger.

– C'est horrible ! dit Jack.

– En effet, répondit Espérance. En ce moment, elle ne

voit pas comment les choses pourraient jamais s'améliorer, car ils l'ont condamnée à vingt ans de prison. Elle m'a perdue quand on lui a annoncé la longueur de sa peine, mais elle me retrouvera et plus tôt qu'elle ne croit.

– Comment le savez-vous ? s'étonna Jack.

– Elle a une famille merveilleuse et de nombreux amis de l'autre côté des murs de sa prison, dit Espérance. Lorsqu'elle se rendra compte qu'ils font tout leur possible pour obtenir sa libération, elle me retrouvera et je l'aiderai à supporter sa situation, si épouvantable soit-elle. Je ne suis peut-être pas aussi brillante que mon amie Bonheur, mais ma flamme est plus difficile à éteindre.

Jack et le Cochon de Noël se balançaient doucement d'avant en arrière dans la tapisserie, au rythme des battements d'ailes d'Espérance. Jack commençait à avoir sommeil. Au bout d'un moment, il crut entendre un nouveau bruit, semblable à la respiration de quelque énorme créature somnolente, et il sentit une odeur vaguement familière. En changeant un peu de position, il put jeter un coup d'œil par-dessus le bord de la tapisserie. Loin au-dessous, il vit l'océan, aussi sombre que le ciel nocturne. La neige tombait toujours et Jack voyait les grandes ailes pâles d'Espérance se refléter dans les vagues.

– Où allons-nous, Espérance ? demanda-t-il.

– Sur l'île des Bien-Aimés, répondit-elle. Seuls quelques Objets du pays des Choses perdues connaissent son existence. Ceux qui sont vraiment aimés ne quittent jamais l'île et donc les Objets des villes ne peuvent pas les rencontrer. Mais je sais que l'île est bien là parce que je l'ai déjà survolée. Tu devrais dormir, maintenant, car nous avons une longue distance à parcourir. Je te réveillerai quand le moment sera venu pour toi de continuer tout seul. Tu t'es très bien débrouillé, tu auras atteint ton but avant le jour de Noël ! Je pense que tu seras rentré chez toi au moins une heure avant minuit !

Alors, Jack se pelotonna à nouveau au fond de la tapisserie, il ferma les yeux et sa tête se posa contre celle du Cochon de Noël.

– Tous ces mensonges que nous a racontés Ambition en prétendant que je ne retrouverais jamais LC ! marmonna-t-il à l'oreille humide du cochon. Je veux te remercier aussi, CN. Jamais je n'aurais été capable de retrouver LC sans toi.

– N'en parlons plus, répondit le Cochon de Noël d'une voix étrangement étouffée. Dors, maintenant. Tu as entendu Espérance, nous avons encore beaucoup de chemin à faire.

Jack ferma les yeux, serra à nouveau le cochon contre lui, sentit le contact familier de ses billes de plastique et respira son odeur de crasse si plaisante. Bientôt, il fut sur le point de s'endormir ; il avait sur les lèvres un goût de sel et comprit qu'il devait rêver de la mer qui s'étendait loin, loin au-dessous de lui.

SEPTIÈME PARTIE

L'île des Bien-Aimés

50

L'île des Bien-Aimés

De nombreuses heures plus tard, Jack fut réveillé par la voix d'Espérance qui l'appelait.

– Jack, c'est l'heure, dit-elle. Prépare-toi, tu vas être mouillé, j'en ai bien peur, mais je ne peux pas t'emmener plus loin !

Jack put à peine ouvrir les yeux, car la lumière qui se déversait à chaque extrémité de la tapisserie était aussi aveuglante que celle de Bonheur. La tapisserie elle-même s'était réchauffée et son pyjama avait séché, s'imprégnant d'une agréable tiédeur. Il avait même chaud aux pieds, à présent. Il s'aperçut qu'ils étaient arrivés dans un endroit où le soleil brillait d'un éclat particulier.

– Prêt ? lança Espérance. Sors tes pieds d'abord, tu n'auras pas à sauter de très haut, je vole aussi bas que possible !

– Viens, CN, dit Jack.

– Passe le premier, répondit le Cochon de Noël.

Jack, devinant qu'il hésitait à sauter dans la mer parce qu'il ne savait pas nager, le rassura :

– Je serai là quand tu toucheras l'eau, ne t'inquiète pas, CN !

Jack se tortilla le long de la tapisserie en forme de hamac. L'odeur de la mer était plus puissante que jamais et il sentait sur ses pieds nus la chaleur du soleil. Prenant une profonde inspiration, il se hissa par-dessus le bord de la tapisserie et se laissa tomber dans le vide.

Comme le lui avait promis Espérance, ils ne volaient pas très haut et, quelques secondes plus tard, il se retrouva jusqu'aux genoux dans une mer d'une clarté de cristal, aussi chaude que l'eau d'une baignoire. Regardant autour de lui, il vit une île magnifique, avec des palmiers qui se balançaient sur une longue plage de sable blanc et fin. Le ciel sans nuages était d'un bleu pervenche, constellé de nombreux trous de retrouvaille, et là, courant vers lui sur la plage, à la tête d'une multitude d'autres vieux jouets qui s'étaient précipités pour voir ce qui se passait, il y avait LC.

– LC ! s'écria Jack qui se mit à rire et à pleurer en même temps. LC, c'est moi !

LC était tel qu'il l'avait toujours connu : gris, les oreilles de travers, des boutons à la place des yeux. Son visage rayonnait tandis qu'il courait sur la plage et entrait dans la mer. Jack s'avança vers lui en pataugeant, les bras grands ouverts, et des larmes coulèrent des yeux en boutons de LC. Lorsqu'ils tombèrent enfin dans les bras l'un de l'autre, ils s'étreignirent de toutes leurs forces et Jack respira son odeur de lit et de senteurs du jardin à laquelle se mêlait un soupçon du parfum de maman à l'endroit où celle-ci embrassait le petit cochon pour lui dire bonsoir.

– LC, je t'ai retrouvé, je t'ai retrouvé ! sanglotait Jack.

Derrière le cochon, une centaine de vieux jouets cabossés poussaient des acclamations en tapant dans leurs mains, leurs pattes ou leurs sabots. Un petit macareux fit même un saut périlleux.

– Tout va bien, de nouveau ! poursuivit Jack. Holly t'a jeté, j'étais tellement en colère, je savais que tu étais tout seul sur l'autoroute, je ne pouvais pas le supporter et j'ai hurlé, j'ai tout cassé dans ma chambre…

– Je sais, Jack, répondit LC en lui tapotant le dos. Mais tout va bien, maintenant. Tu m'as retrouvé ! Viens chez moi !

Passant une vieille patte usée autour des épaules du garçon, LC l'emmena sur la plage sous l'œil des Objets bien-aimés qui continuaient de les acclamer.

– J'habite là-bas, dit LC en montrant une petite maison de plage de couleur jaune, avec quelqu'un que tu connais.

À sa grande stupéfaction, Jack vit le vieil ange en rouleau de papier toilette qui les regardait par la fenêtre, un large sourire sur son visage barbu.

À l'intérieur, la maison était simple, lumineuse, spacieuse. Ses fenêtres offraient une vue splendide sur la mer et les palmiers.

– Oh, LC, c'est vraiment agréable, ici ! dit Jack.

– N'est-ce pas, répondit LC. Et tu te souviens de ton vieil ami Ange en Rouleau de Papier Toilette ?

– Bien sûr, dit Jack. Mais je croyais... je croyais que tu avais été mangé par Toby-le-chien ?

– C'est vrai, confirma l'ange, d'une merveilleuse voix chantante. Il m'a mis en pièces. Tout ce qu'il reste de moi, Là-Haut, c'est un morceau de laine que tu trouveras, si tu cherches bien, sous un de tes cadeaux, pas le plus grand mais celui qui vient tout de suite après.

– Mais... je ne comprends pas, dit Jack. Tu es *ici*.

– Ma partie avivée, oui, répondit l'ange. Ta maman m'aimait tellement que j'ai le droit de vivre à tout jamais sur l'île des Bien-Aimés.

– Mais alors..., reprit Jack en se tournant vers LC tandis qu'une terrible pensée lui venait à l'esprit. Cela signifie que... LC, Ambition m'a raconté qu'un camion avait roulé sur toi !

– J'ai bien peur... j'ai bien peur que ce soit la vérité, admit le cochon à voix basse. Papy a pris des risques Là-Haut pour essayer de me récupérer, mais un camion est arrivé et a roulé en plein sur moi. Papy m'a vu exploser. Tout ce qu'il reste de moi maintenant, au pays des Vivants, c'est quelques billes de plastique et un morceau de tissu sale.

– Mais tu es ici ! s'exclama Jack. Je peux te toucher ! Je peux sentir ton contact ! Je peux respirer ton odeur !

– Oui, dit LC, qui l'entraîna vers un canapé à rayures

sur lequel tous deux s'assirent côte à côte. Tu as rendu cela possible en m'aimant si fort. Cette île m'est familière, tu sais. Nous autres, les Objets profondément aimés, nous tombons directement sur cette île, lorsqu'on nous perd. Nous n'avons même pas besoin de passer par la salle des Égarés ! Il y a des années que j'ai des amis, ici, parce que (les étranges boutons qui servaient d'yeux à LC se mirent à briller) tu m'as très souvent perdu, Jack.

– Et le Grand Perdeur ne vient jamais ici ? demanda-t-il.

– Jamais, répondit LC. Il n'a pas le droit de mettre un pied sur cette île et, même s'il venait, il ne pourrait rien nous faire. L'amour que nous portent les humains nous a rendus immortels.

– Mais si tu as été écrasé par le camion, comment vais-je faire pour te ramener à la maison ? CN m'a promis que je pourrais t'emmener avec moi !

LC et Ange en Rouleau de Papier Toilette échangeaient à présent des regards graves.

– Eh bien… mon frère a raison, dit LC. Tu peux me ramener au pays des Vivants ce soir, si tu le veux vraiment. C'est encore la veille de Noël Là-Haut, la nuit des miracles et des causes perdues. Cependant…

– CN, nous avons réussi ! s'écria Jack en se tournant vers le Cochon de Noël.

Mais celui-ci n'était plus là.

51

La vérité

– CN ? Cochon de Noël ? Où est-il passé ? demanda Jack qui regarda tout autour de la pièce, puis se précipita vers la fenêtre. Il est tombé à la mer juste derrière moi. Oh, non… (Jack avait le souffle coupé) il ne s'est pas noyé ? L'eau n'est pas très profonde, je croyais qu'il ne risquait rien !

Maintenant qu'il y repensait, Jack n'avait pas entendu le plouf du Cochon de Noël derrière lui, lorsque lui-même était tombé dans l'eau. Il avait été beaucoup trop occupé par la vision de LC sur la plage. Regardant fixement par la fenêtre, Jack distingua quelque chose dans le ciel, quelque chose de semblable à un oiseau gigantesque qui s'éloignait de l'île en volant et il comprit que c'était Espérance qui retournait vers la terre ferme, la tapisserie se balançant toujours au-dessous d'elle.

– Le Cochon de Noël n'a pas le droit d'être ici, Jack, dit

l'ange en rouleau de papier toilette, de sa voix chantante. Cet endroit est réservé aux Objets qui sont profondément aimés au pays des Vivants.

– Mais pourquoi s'en va-t-il ? demanda le garçon, soudain effrayé. Je dois le ramener à la maison. Je lui ai promis de le donner à Holly !

– Jack, reprit LC en posant à nouveau une patte sur son épaule, mon frère savait depuis toujours qu'il ne pourrait pas retourner avec toi au pays des Vivants. Maintenant que mon corps a été détruit Là-Haut, la seule façon dont je pourrais quitter le pays des Choses perdues serait qu'un jouet qui me ressemble prenne ma place auprès du Grand Perdeur. Le Cochon de Noël a décidé de me remplacer. Tout le monde le sait, ici, c'est la règle – mais je n'avais encore jamais entendu parler d'un Objet qui se porte volontaire pour le faire.

– Et pourquoi l'aurait-il fait ? murmura Jack. Pourquoi ?

– Il voulait que tu sois heureux, répondit LC.

– Ce n'est pas possible, dit Jack d'une toute petite voix. Je l'ai jeté contre l'armoire. Je l'ai piétiné. J'ai… j'ai essayé de lui arracher la tête.

– Il a compris pourquoi tu avais agi comme ça, dit LC avec douceur. C'était un Remplaçant et les Remplaçants, une fois avivés, comprennent tout de leur propriétaire dès le commencement. Tout ce que je sais de toi, lui aussi le sait et il t'a toujours aimé, autant que moi je t'aime.

– Mais… pourquoi ne l'a-t-il pas dit ? murmura Jack,

ses yeux se remplissant à nouveau de larmes. Il prétendait qu'il pourrait revenir avec moi ! Il m'a fait promettre de le donner à Holly !

– Il t'a menti parce qu'il ne voulait pas que tu te sentes mal à l'aise en sachant ce qu'il allait faire, répondit LC. CN est un cochon discret. Il a su dès le début ce que tu avais dans le cœur et il pensait qu'il ne pourrait jamais être pour toi ce que moi je suis. Alors, il a décidé de se sacrifier parce que, pour lui, ton bonheur est plus important que le sien.

– Il aurait dû me le dire ! s'exclama Jack.

Il sentait dans sa gorge une boule aussi dure qu'un noyau de pêche.

– Je pensais que nous pourrions tous rentrer à la maison ! poursuivit-il. Je croyais que je pourrais continuer à le voir. Qu'est-ce qu'il va faire quand il sera revenu sur la terre ferme ?

– Il ira sur la rocaille, répondit LC à voix basse. Si je deviens libre, alors le Cochon de Noël devra me remplacer au pays des Choses perdues. Comme il a enfreint la loi non pas une fois mais à de nombreuses reprises, tout Objet qui l'aiderait désormais serait à coup sûr dévoré. Il a toujours su qu'il devrait affronter le Grand Perdeur s'il voulait me sauver. J'ai bien peur... j'ai bien peur qu'il n'en ait plus pour longtemps.

Jack se tourna à nouveau vers la fenêtre, les yeux mouillés de larmes. Espérance n'était plus à présent qu'un tout petit point à l'horizon.

– Il aurait dû me le dire ! répéta-t-il alors que les larmes coulaient sur ses joues. Ce n'était pas juste de ne pas me prévenir !

Il se rappelait les projecteurs du Grand Perdeur balayant la rocaille de leurs puissants faisceaux, il se rappelait aussi les horreurs que lui avait racontées le Cochon de Noël sur la façon dont le Grand Perdeur aspirait la partie avivée d'un Objet.

C'est ce que les humains appellent la mort.

D'un pas trébuchant, Jack alla se rasseoir sur le canapé à rayures et se mit à pleurer, à pleurer sans cesse.

– Je ne voulais pas ça ! sanglotait-il. Je n'ai jamais voulu qu'il soit capturé par le Grand Perdeur !

– Je sais bien que tu ne le voulais pas, Jack, dit LC qui s'assit à côté de lui et le serra dans ses petites pattes.

L'ange en rouleau de papier toilette s'assit de l'autre côté de Jack. Il lui fut impossible de passer le bras autour de ses épaules puisqu'il n'en avait pas, mais il poussa un profond soupir de tristesse.

Jack ne pouvait s'empêcher de repenser à tout ce qu'il avait vécu avec le Cochon de Noël. Il se souvenait que le cochon avait fait semblant de ne pas l'aimer beaucoup et comprit qu'il avait agi ainsi pour éviter à Jack de se sentir coupable ; il repensa à la façon dont il les avait sauvés de l'Écraseur en ayant tout de suite la bonne réaction ; il se rappelait aussi son petit groin s'enfonçant dans l'eau verte du canal, dans la cité des Regrettés, avant que Jack ne vienne à son secours. Il se rendait compte à présent que le goût de sel qu'il avait senti sur ses lèvres, dans la tapisserie que transportait Espérance, était dû aux larmes de CN. Tandis que Jack était si heureux, si impatient d'aller sur l'île des Bien-Aimés, CN, lui, pleurait parce qu'il savait que ce serait la dernière fois qu'il verrait Jack et qu'à leur arrivée sur l'île, ils devraient se séparer à jamais.

Depuis le début, Jack avait pensé que si seulement il parvenait à retrouver LC, il serait à nouveau heureux, mais maintenant, il ne l'était pas du tout. Alors qu'il était trop tard, il s'apercevait qu'il en était venu à aimer CN – non pas à la place de LC, mais séparément – parce qu'il était bon et courageux. En cet instant, Jack comprenait vraiment ce que signifiait être avivé et il savait désormais ce qu'il devait faire.

– LC… Je dois sauver CN.

LC eut un sourire qui plissa son groin exactement comme se plissait celui de CN.

– J'espérais que tu prendrais cette décision, Jack. Je suis content.

– Est-ce que… est-ce que tu veux venir avec moi ?

– Tu sais bien que je ne peux pas, Jack, répondit LC d'une voix douce en posant une patte sur sa main. Tu ne peux ramener chez toi qu'un seul d'entre nous, mais si tu parviens à sauver CN, j'aurai à tout jamais une vie tranquille sur cette île magnifique. C'est un endroit merveilleux et chaque jour, je pense à toi, et je te suis reconnaissant de m'avoir tellement aimé.

Jack prit dans ses bras son plus vieil ami. Il avait eu tant besoin de lui, et pendant si longtemps, qu'il lui semblait impossible de s'en séparer. Mais il pensa à CN, c'était lui, maintenant, qui avait besoin de Jack. Il lâcha alors LC et dit, à travers ses larmes :

– Comment faire pour retourner sur la rocaille ? Espérance n'est plus là !

Pendant un moment, plus personne ne dit rien. Puis l'ange en rouleau de papier toilette rompit le silence.

– Je crois que je connais quelqu'un qui pourrait t'aider. Viens avec moi.

52

Un ami célèbre

Suivi de Jack et de LC, l'ange en rouleau de papier toilette sortit et se dirigea vers la ville qui s'étendait derrière la maison. Sur l'île des Bien-Aimés, les habitations avaient des couleurs de crème glacée, les rues étaient très propres et les autres vieux jouets – apparemment, c'était le seul genre d'Objets qui existait ici – souriaient et les saluaient en les croisant. LC semblait avoir beaucoup d'amis et on ne voyait aucun régulateur de perte. Ils passèrent devant des sapins de Noël décorés de coquillages et d'étoiles de mer, des boutiques où on vendait des seaux et des pelles et un petit marché où on pouvait acheter des ballons de plage et des lunettes de soleil. Il y avait aussi un salon de beauté où les vieux jouets pouvaient faire réparer les accrocs à leur fourrure ou se faire recoudre les yeux par des poupées et des ours en peluche vêtus d'une blouse de médecin.

– Nous y sommes, dit enfin l'ange en rouleau de papier toilette qui montrait une grande maison en bois située en plein milieu de la ville.

Au-dessus de la porte, une pancarte indiquait : « La Grotte ». Comme Jack avait maintenant la même taille que CN et que la porte avait été conçue pour des humains, il lui était impossible d'atteindre la sonnette.

– Qui habite ici ? demanda-t-il.

– Tu vas voir, répondit l'ange. Vous allez frapper à la porte, tous les deux. Moi, je n'ai pas de bras.

– J'en suis désolé, dit Jack. Je n'avais que quatre ans quand je t'ai fabriqué.

Jack et LC frappèrent alors en bas de la porte, mais seul Jack parvint à produire un son car les pattes du cochon étaient trop molles.

Jack entendit des bruits de pas qui venaient de l'intérieur. Des pas sonores, comme ceux d'un géant. Enfin, le panneau de bois s'entrouvrit dans un grincement.

Les dominant de toute sa hauteur, apparut alors un vieil homme avec une barbe d'un blanc de neige, vêtu d'un gilet blanc et d'un pantalon rouge vif.

– Père Noël ? dit Jack, stupéfait. Qu'est-ce que vous faites ici ?

– Euh…, répondit celui-ci qui, pendant un instant, sembla ne plus savoir que dire. Eh bien… Les Objets aussi ont droit à Noël, alors… je garde une maison de vacances sur cette île. Mais un garçon vivant au pays des Choses perdues ? Je ne l'aurais jamais cru... En fait, je ne pensais pas que c'était possible.

– Ce n'est possible que cette nuit. Si c'est encore la veille de Noël, Là-Haut.

– Oui, dit le père Noël en regardant sa montre. Il reste encore une heure avant minuit.

– Dieu merci, dit Jack. Dans ce cas, s'il vous plaît, pourriez-vous m'aider à sauver le Cochon de Noël pour que je puisse le ramener chez moi ? Il est parti sur la rocaille des Indéplorés et il faut que je le sauve des griffes du Grand Perdeur !

– Ah, dit le père Noël.

Il caressa sa barbe pendant un moment, puis soupira et ajouta :

– J'ai bien peur de ne pas pouvoir te le promettre.

– Oh, dit Jack en se mordant la lèvre pour s'empêcher de pleurer à nouveau.

– Je ne suis pas autorisé à poser le pied sur la terre ferme, expliqua le père Noël. Le Grand Perdeur et moi... c'est compliqué : moi, je donne, lui, il prend. Là-Haut, je fais à peu près ce que je veux. Mais ici, c'est lui qui commande. Je peux t'emmener dans mon traîneau volant jusqu'à la rocaille des Indéplorés – du moment que je n'atterris pas –, mais après, je devrai te laisser. Tu es sûr que tu ne préférerais pas retourner chez toi, dans ton lit ? Ce serait beaucoup moins dangereux et il me serait facile de t'aider.

– Non, répliqua Jack en hochant la tête. Il faut que je sauve le Cochon de Noël.

– Dans ce cas, reprit le père Noël, tu es un garçon très courageux et je vais préparer mon traîneau. Attends-moi ici.

Il retourna à l'intérieur de sa maison en refermant la porte et Jack, LC et l'ange en rouleau de papier toilette attendirent son retour sous le soleil. Un étrange sentiment s'était installé entre eux. Jack continuait de ravaler ses larmes. Il aurait voulu dire tant de choses à LC, mais il ne trouvait pas les mots.

Enfin, ils entendirent des bruits de sabots et des tintements de clochettes, et le père Noël réapparut au coin de la maison. Il portait à présent son bonnet, sa houppelande et ses bottes, et menait les huit rennes qui tiraient son traîneau surchargé de cadeaux. Lorsqu'ils virent le traîneau, sans parler du père Noël avec ses bottes et son bonnet, les jouets qui passaient par là se pressèrent autour de lui pour le regarder décoller. Devant un si grand nombre d'Objets qui l'observaient, Jack avait encore plus de difficultés à trouver ses mots pour parler à LC.

– Prêt, Jack ? demanda le père Noël.

– Oui, répondit-il. Je… je voudrais simplement dire au revoir.

Il se tourna vers l'ange en rouleau de papier toilette.

– Tu vas nous manquer en haut du sapin.

– Merci, Jack, répondit l'ange de sa voix chantante. Moi aussi, ça me manquera de ne plus y être.

Le garçon se tourna ensuite vers LC.

– J'aimerais que tu puisses revenir à la maison, toi aussi, murmura-t-il.

Pour la dernière fois, LC mit ses pattes autour du cou de Jack et celui-ci respira l'odeur de crasse dont il s'était imprégné dans leurs cachettes et dans la caverne du lit, sous les couvertures, avec un soupçon du parfum de maman à l'endroit où elle l'embrassait pour lui dire bonsoir.

– Perdre fait partie de la vie, murmura LC à l'oreille de Jack, qui sentait le groin du cochon renifler dans ses cheveux. Mais certains d'entre nous continuent de vivre même après avoir été perdus. C'est l'amour qui fait ça. Je resterai toujours ici, sur l'île des Bien-Aimés, et lorsque tu serreras le Cochon de Noël dans tes bras, c'est moi aussi que tu étreindras, car nous sommes jumeaux, Jack, et tout ce qu'il ressent, je le ressens moi aussi. Mais si tu veux le sauver, poursuivit LC, il faut faire vite. De tous les Objets qui se trouvent sur la rocaille des Indéplorés, c'est le Cochon de Noël que le Grand Perdeur voudra capturer avant tout, pour donner une leçon aux Remplaçants qui pourraient essayer de le tromper à l'avenir.

– Adieu, LC, dit Jack en relâchant son plus vieil ami.

Jack était si petit, à présent, que le père Noël dut le soulever pour le faire monter dans le traîneau.

– Je suis content d'avoir vu où tu vis, lança Jack à LC du haut du traîneau, en essuyant à nouveau ses larmes. J'ai toujours su que tu aimais les plages !

– C'est vrai, répondit LC, ses yeux en boutons aussi humides que ceux de son ami. Bonne chance, Jack, et transmets toute mon affection à mon frère ! Remercie-le pour ce qu'il a essayé de faire ! Dis-lui qu'il est le plus courageux et le meilleur des cochons qui aient jamais existé !

53

Le voyage en traîneau

Lorsque le traîneau s'ébranla, d'autres jouets se précipitèrent hors de leurs maisons pour le voir partir. Les rennes prirent le galop et le vent tiède ébouriffa les cheveux de Jack. Il regarda derrière lui : LC et l'ange en rouleau de papier toilette semblaient rapetisser. Puis, dans un cliquetis de harnais et une bourrasque d'air chaud, le traîneau décolla et Jack vit l'île des Bien-Aimés s'éloigner au-dessous d'eux. Bientôt, elle ne fut plus qu'un point doré dans l'immensité bleue de l'océan.

Le père Noël était beaucoup plus grand que lui, puisque Jack avait toujours la taille d'un jouet, mais surtout, c'était la personne la plus célèbre qu'il eût jamais rencontrée, ce qui semblait paralyser sa langue. Heureusement, le père Noël n'avait pas besoin d'encouragements pour parler.

– Quand je t'aurai déposé, il faudra que je monte Là-Haut

et que je m'occupe de distribuer les cadeaux, annonça-t-il en souriant à Jack.

– Comment arrivez-vous à aller partout dans le monde et à donner tant de cadeaux en une seule nuit ? demanda-t-il.

C'était une question qu'il s'était souvent posée.

– Ah, répondit le père Noël, l'œil pétillant, j'ai bien peur que ce soit un secret, mais cela exige un peu de magie, comme tu dois t'en douter.

– C'est bien ce que je pensais, dit Jack avec un hochement de tête approbateur.

– Toi, tu as demandé un nouveau vélo, dit le père Noël.

– Oui, confirma Jack. Mais le vélo ne m'intéresse pas vraiment, tant que je n'aurai pas retrouvé le Cochon de Noël.

– Si tu réussis à le sauver, n'oublie pas de l'emmener faire un tour, lui conseilla le père Noël. C'est un cochon qui aime beaucoup les promenades à vélo, même s'il l'ignore pour le moment parce qu'il est trop neuf pour le savoir.

– C'est logique, répondit Jack qui se voyait déjà pédaler à toute vitesse dans sa rue, le Cochon de Noël blotti à l'intérieur de son blouson, avec seulement sa tête qui dépassait. Un cochon aussi *audacieux* !

– Très audacieux, approuva le père Noël, pour aller défier le Grand Perdeur.

– D'où vient le Grand Perdeur ? demanda Jack.

– Ça, répondit le père Noël, qui ne souriait plus, c'est une très bonne question. Personne ne le sait vraiment. Certains disent qu'il a été créé par les gens, qu'il y a tant de cupidité, de cruauté, Là-Haut, que l'une et l'autre ont filtré jusqu'ici et se sont mises à kidnapper des Objets pour se fabriquer un corps. D'autres affirment que le Grand Perdeur est ici depuis l'aube des temps, que c'est un monstre tellement jaloux des humains et des choses si ingénieuses créées par eux qu'il vole tout ce qu'il peut. Il est surtout avide des Objets entourés d'affection, d'amour, comme ceux de l'île des Bien-Aimés, mais il ne peut pas y toucher, ce qui le rend furieux. Et maintenant, fouille un peu dans les cadeaux qui sont là et trouve-toi quelque chose de chaud à te mettre sur le dos.

Jack tâtonna dans les paquets pour en trouver qui contienne des vêtements et il dénicha un ours en peluche habillé d'un pull qui lui allait parfaitement bien. Il en fut ravi car, quelques minutes plus tard, l'air tiède commença à se rafraîchir. Le ciel peint, au-dessus d'eux, passa lentement du bleu éclatant au gris. Le soleil disparut derrière les nuages et, bientôt, la neige recommença à tomber en tourbillonnant sur Jack.

Ils continuèrent de voler, accompagnés par le cliquetis des harnais, et Jack sentit son visage s'engourdir au contact de l'air glacial. Il ne pensait plus qu'à CN qui avait sûrement atteint la rocaille des Indéplorés à l'heure qu'il était. Il devait errer là-bas, en regrettant Jack, en aimant Jack, mais sans doute persuadé qu'il était déjà retourné au pays des Vivants, trop heureux d'avoir retrouvé LC pour se soucier de ce qu'était devenu son Remplaçant.

54

Retour à la rocaille

Enfin, lorsque le ciel fut passé du gris au noir, lorsque la neige tomba si dru qu'elle se déposait sur la barbe du père Noël et les cils de Jack, ils aperçurent les lumières de la cité des Regrettés. Ils volèrent au-dessus du toit d'or du palais de Pouvoir, les canaux reflétant le traîneau et les rennes et, bientôt, ils se retrouvèrent dans le ciel de la vaste et sombre rocaille des Indéplorés.

Le père Noël, à présent, tenait une lanterne dorée au bout d'un crochet pour projeter un peu de lumière sur le sol, au-dessous d'eux. Jack scruta l'obscurité, espérant voir le Cochon de Noël. L'ombre du traîneau ondulait sur l'étendue de pierre enneigée, mais il n'y avait pas trace du moindre Objet jusqu'à ce qu'ils distinguent un petit point de lumière rouge qui se déplaçait.

– Les Mauvaises Habitudes, dit Jack au père Noël en montrant du doigt le petit groupe qui rassemblait des parties de corps humains, dont une bouche qui fumait une cigarette. Elles ne sont pas très agréables… Le Grand Perdeur a dû en attraper quelques-unes, ajouta Jack en se retournant pour regarder le groupe tandis que le traîneau poursuivait son chemin. Il y en avait plus la première fois que je les ai vues.

Ils continuèrent à survoler la rocaille d'aussi près que le pouvait le père Noël, observant le paysage désolé à la recherche de CN, mais Jack ne le voyait nulle part. Une peur terrible lui étreignit le cœur : arrivait-il trop tard ? CN avait-il déjà été capturé ?

– Boussole ! s'écria-t-il soudain, alors que la lueur oscillante de la lanterne venait d'éclairer la forme ronde de son corps de cuivre qui roulait aussi vite que d'habitude. Père Noël, laissez-moi demander à Boussole si elle a vu CN !

Le père Noël manœuvra le traîneau et ils revinrent à l'endroit où, à présent, elle les regardait fixement.

– Le père Noël ! s'écria-t-elle.

– C'est bien moi, répondit celui-ci avec un sourire. Content de voir que tu es toujours parmi nous, Boussole !

– Oh, tu sais à quel point j'aime les poursuites, dit-elle en pivotant sur place pour les suivre des yeux alors qu'ils tournaient en cercle autour d'elle. Mais qu'est-ce que vous faites là, tous les deux ?

– Je suis venu chercher le Cochon de Noël, lui cria Jack. L'avez-vous vu ?

À cet instant, l'aiguille de Boussole pointa brusquement vers le sud en lui donnant un air très triste.

– Eh bien… oui, Pyjama Boy, je l'ai vu, répondit-elle.

– Où est-il ? s'exclama Jack qui commençait à avoir le tournis dans le traîneau qui volait en cercles de plus en plus étroits.

– J'ai bien peur, reprit Boussole, qu'il ait été capturé il y a une demi-heure. Il n'a même pas cherché à s'enfuir. Je lui ai crié de courir, mais il est resté là, à attendre que le Grand Perdeur l'attrape.

– Oh non, murmura Jack.

– C'était entièrement sa faute. Il aurait dû revenir plus tôt, mais il avait perdu du temps à se demander ce qu'il devait faire et maintenant…

– Alors, il est dans la tanière du Grand Perdeur ? dit le père Noël.

– S'il est quelque part, c'est là, répondit Boussole, mais peut-être qu'il a déjà été dévoré. Le Grand Perdeur était ravi d'avoir pu lui mettre la main dessus. Je ne l'avais jamais vu aussi heureux !

– Boussole, est-ce que vous savez où se trouve la tanière du Grand Perdeur ? demanda Jack.

– Bien sûr que je le sais, dit Boussole.

– Vous voulez bien m'y emmener ?

– Tu veux aller dans la tanière du Grand Perdeur ? s'exclama Boussole, abasourdie.

– Oui, répondit Jack en s'apprêtant à sauter du traîneau. CN est mon cochon et s'il est toujours avivé, je le ramènerai chez moi !

– Jack, dit alors le père Noël en le voyant prêt à sauter, si je le peux, j'essaierai de t'aider un peu plus tard – je pourrai peut-être faire quelque chose pour toi, Là-Haut. En attendant, sois très prudent. Rien ne réjouirait plus le Grand Perdeur que d'attraper un garçon vivant !

– Je serai prudent, promit Jack. Au revoir, père Noël, merci beaucoup !

Il se leva alors de son siège et sauta sur la rocaille.

Il tomba sur une touffe de chardons qu'il n'avait pas vue dans l'obscurité, mais même si c'était piquant et très inconfortable, cela valait quand même mieux que d'atterrir sur des pierres pointues.

– Au revoir, Jack, bonne chance ! lui cria le père Noël qui s'éloignait dans le ciel, sa lumière dorée diminuant de plus en plus jusqu'à disparaître.

Boussole observait Jack avec stupéfaction.

– Comment t'a appelé le père Noël ?

Elle roula un peu plus près.

– Un garçon vivant ?

– Oui, admit Jack. Je suis humain. Je suis venu ici pour chercher LC, mais il est heureux sur l'île des Bien-Aimés. Maintenant, je veux sauver le Cochon de Noël. S'il vous plaît, emmenez-moi à la tanière du Grand Perdeur, si vous connaissez le chemin.

Boussole regarda Jack encore un moment, puis sa voix résonna sur la rocaille.

– On parlera de ça pendant des siècles ! Le garçon vivant

qui a pénétré dans la tanière du Grand Perdeur pour y chercher son Cochon de Noël, mais… nous ne savons pas comment l'histoire se termine, pas vrai ?

– Pas encore, dit Jack, mais, s'il vous plaît, si vous connaissez le chemin, montrez-moi où c'est !

Boussole se mit en route et Jack courut derrière elle sur le sol gelé, la neige épaisse leur cinglant le visage.

HUITIÈME PARTIE

La tanière du Grand Perdeur

55

Le cratère

– Ce n'est pas trop loin, ne t'inquiète pas ! dit Boussole, son boîtier de cuivre cliquetant sur les pierres.

Jack eut quand même un nouveau point de côté et ses pieds douloureux étaient gelés, mais cela lui était égal. Il ne pensait qu'à CN qui avait fait face au Grand Perdeur et s'était laissé capturer parce qu'il pensait que Jack ne l'aimait pas.

Ils n'avaient parcouru qu'une courte distance lorsqu'ils virent à l'horizon un rougeoiement flamboyant qui s'élargissait et devenait de plus en plus brillant à mesure qu'ils s'en approchaient.

– C'est tout droit, là-bas, dit Boussole. Tu vois ce feu ? Le Grand Perdeur vit dans un trou, au centre d'un cratère, et il garde un feu allumé tout au long de l'année. Quand il a fini d'aspirer la partie avivée d'un Objet et qu'il a pris celle de son corps qui l'intéresse, il fait brûler le reste dans les flammes.

Jack fut parcouru d'un frisson de terreur, mais il ne ralentit pas sa course. Il devait tout faire pour sauver CN. Il n'était pas question de reculer.

Plus ils approchaient de la tanière du Grand Perdeur, plus le feu augmentait de taille et d'intensité. Enfin, le terrain commença à descendre en pente. Jack distinguait un large trou au milieu du cratère, comme un volcan d'où s'élevait une fumée noire et âcre. Il regarda le ciel, au-dessus de la tanière du Grand Perdeur. Il n'y avait pas le moindre trou de retrouvaille.

– Arrêtez, Boussole, dit Jack, à bout de souffle, en s'immobilisant. Je dois continuer seul, maintenant.

– Pas question, répliqua Boussole d'un ton surexcité. Je ne suis encore jamais allée dans la tanière du Grand Perdeur. Quel grand frisson ! Quelle aventure ! Tu connais ma devise ?

– Celle où il est question de radis ? demanda Jack qui ne se souvenait pas bien.

– Non, ça, c'était une histoire avec une moralité, répondit Boussole. Je voulais dire plutôt : « Si tu vas vers le nord, mets des chaussettes et prends un parapluie, mais si tu perds le nord, emmène plutôt un ami. » Tu ne peux pas affronter seul le Grand Perdeur.

– Si, je le peux, Boussole, assura Jack. Je le dois. Vous êtes trop importante pour qu'on prenne le risque de vous perdre. Les Objets ont besoin de héros sur la rocaille et vous êtes la seule qui soit assez intelligente et courageuse pour y survivre.

– Ça… ça, c’est vraiment gentil, dit Boussole. Les Objets ne me font jamais de compliments. Généralement, ils s’enfuient si vite qu’ils oublient.

– Eh bien moi, je ne vous oublierai jamais, quoi qu’il arrive, assura Jack. Adieu, Boussole, et merci pour tout.

Il courut alors sur la pente qui descendait vers le trou, au milieu du cratère, ne se retournant qu’une seule fois pour adresser un signe de la main à Boussole tant qu’elle pouvait encore le voir.

Jack dévalait la pente raide, glissant et trébuchant sur des pierres et des rochers. Il allait aussi vite qu’il le pouvait, à moitié aveuglé par le feu et la fumée qui montait de l’ouverture, au centre du cratère. Bientôt, son pyjama fut complètement sec sous l’effet de la chaleur et il se mit à tousser en respirant l’épaisse fumée noire qui ne dégageait pas une odeur de feu de bois mais empestait un mélange de matières brûlées – plastique, tissu et mousse.

Puis, au moment où Jack se demandait quelle distance il aurait encore à parcourir, ses pieds brûlant à présent dans la chaleur intense du sol, il glissa sur des cailloux et, incapable de s’arrêter, fut précipité à l’intérieur du trou. Il tomba à travers la fumée dans une tanière souterraine et, pendant quelques secondes, il crut qu’il allait atterrir dans les flammes et que jamais plus il ne reverrait ni CN, ni maman.

56

La tanière du Grand Perdeur

Par un grand coup de chance, Jack ne tomba pas dans les flammes, mais sur un amas de matières molles, chaudes et élastiques qui se trouvait juste à côté. Il lui fallut un moment pour s'apercevoir qu'il était allongé sur des morceaux d'étoffe et de rembourrage que le Grand Perdeur avait arrachés à des Objets avant de les dévorer. Le tas de débris était si proche du feu qu'il se consumait également. Jack rampa aussi vite qu'il le put vers la paroi de pierre qui se trouvait à bonne distance, glissant sur des amoncellements de peluche et de tissu brûlé, jusqu'à ce qu'il atteigne l'extrémité du trou souterrain.

Il entendit alors les cris et les gémissements qui avaient été étouffés par le crépitement de l'énorme feu, lorsqu'il s'était retrouvé allongé de tout son long à proximité des flammes. Jack plissa les paupières et scruta les alentours.

La tanière du Grand Perdeur était une gigantesque caverne au milieu de laquelle ronflait l'immense feu. Sur toute la surface des parois étaient accrochées des cages dans lesquelles s'entassaient des Objets que le Grand Perdeur n'avait pas encore dévorés, et c'étaient les cris de ces malheureux prisonniers qu'il entendait. Certains, cependant, demeuraient silencieux et restaient simplement recroquevillés au fond de leurs cages, muets et tristes, sachant qu'ils étaient presque arrivés à leur fin. Il s'agissait pour la plupart d'Objets laids et bon marché ; fabriqués et perdus par millions, on ne voulait plus d'eux, on ne les aimait pas, ils n'existaient que pour remplir un espace pendant un certain temps, jusqu'à ce qu'ils se trouvent aspirés dans les entrailles du pays des Choses perdues.

Et puis, il y avait le Grand Perdeur.

Il était tellement gigantesque que, pendant un moment, Jack, qui avait concentré son attention sur les cages, ne s'était pas rendu compte de sa présence et avait pris son corps énorme pour un autre tas de débris. Le Grand Perdeur était tapi là-bas, de l'autre côté du feu ; son horrible tête éraflait le plafond de sa caverne, comme il avait éraflé le ciel de bois de la rocaille. Les projecteurs qui lui servaient d'yeux n'étaient pas allumés ; il n'en avait pas besoin ici grâce à la clarté du feu qui projetait sur les parois des ombres vacillantes. Les yeux de verre éteints du Grand Perdeur reflétaient la danse des flammes qui illuminaient également l'enveloppe étincelante de son corps. De toute évidence, le Grand Perdeur ne conservait que les parties les plus solides des Objets morts : l'acier, le plastique, le verre, la pierre qui lui donnaient l'aspect d'un terrifiant robot. En cet instant, il se régalait d'une poignée de vieilles fourchettes dont des morceaux de métal jaillissaient de sa gueule tandis qu'il les broyait de ses crocs luisants qui paraissaient aussi durs que des diamants.

Le Grand Perdeur n'avait pas remarqué la chute de Jack dans sa tanière, car celui-ci avait atterri de l'autre côté du feu et avait été caché par l'épaisse fumée noire. À présent, Jack lançait des regards frénétiques vers toutes les cages, essayant d'apercevoir le Cochon de Noël, espérant contre toute vraisemblance qu'il n'avait pas encore été mis en pièces, les billes de plastique et le rembourrage qui le remplissaient jetés sur le tas de débris.

Mais Jack ne vit pas le moindre jouet en peluche, simplement de petits Objets en plastique distribués gratuitement dans des chaînes de restauration rapide, de vieux magazines, des chargeurs de batterie pour des gadgets qui ne marchaient plus, des Objets perdus sans regret et qui n'avaient jamais manqué à personne. À chaque seconde qui passait, Jack craignait un peu plus d'être arrivé trop tard.

Puis soudain, il le repéra. CN était enfermé dans l'une des cages accrochées au plus haut de la paroi. Ses petites pattes serrant les barreaux, il regardait le Grand Perdeur dévorer les vieilles fourchettes. À côté de lui, il y avait l'ange brisé, affalée dans un coin de la cage, sa main unique cachant son visage fracassé. CN paraissait miteux, à présent, après toutes ses aventures avec Jack ; il n'était plus rose et fringant, mais sale, verdâtre, les oreilles complètement de travers.

– J'arrive, CN, murmura Jack en se relevant tant bien que mal.

Le Grand Perdeur mastiqua encore quelques morceaux de métal tordu, puis il s'adressa au Cochon de Noël, sa voix résonnant dans toute la caverne :

– Et maintenant, tu as peur, Cochon ?

Il avait la voix la plus terrible que Jack ait jamais entendue. C'était comme un crissement de freins, aigu et déchirant, qui donna à Jack l'impression que le Grand Perdeur souffrait presque autant que les Objets qui attendaient leur mort.

CN répondit de sa voix familière :

– Non. Je vous l'ai déjà dit. Je n'ai plus rien à perdre, c'est ça qui donne du courage à un Objet. Dévorez-moi quand vous voudrez. Cela n'a plus d'importance pour moi.

– Tu penses que perdre ce garçon serait pire que d'être mis en pièces ? répliqua le Grand Perdeur d'une voix perçante. Pire que de retourner au néant, de ne plus rien sentir, de n'être plus rien ?

– Ne plus rien sentir serait préférable à ce que je ressens maintenant, assura le cochon.

– Ne dis pas ça, murmura Jack tout en sachant que le Cochon de Noël ne pouvait pas l'entendre.

Le Grand Perdeur se dressa avec difficulté sur les pointes de métal qui lui servaient de pieds.

– Tu auras peur de moi avant de mourir, promit-il.

Il arracha le cadenas d'une cage surchargée d'Objets, juste à côté de celle dans laquelle étaient enfermés le Cochon de Noël et l'ange brisé, puis il attrapa cinquante pailles en plastique tordues, aux couleurs criardes, un petit cerf-volant bon marché et un vase en verre très laid couvert de motifs contournés. Jack entendit leurs hurlements de protestation tandis que le Grand Perdeur s'accroupissait à nouveau, ouvrait grand sa gueule de métal et y enfournait les Objets un par un.

Jack regarda désespérément autour de lui, à la recherche d'un moyen pour atteindre le Cochon de Noël. Les parois de la caverne étaient bosselées, avec des protubérances rocheuses, et il pensa qu'il pourrait peut-être trouver suffisamment de prises pour y grimper. Il se précipita alors, découvrit des fissures auxquelles il put s'accrocher et commença à se hisser sur la paroi.

Son ascension était lente. La roche lui brûlait les doigts et les orteils, il entendait derrière lui le crépitement des flammes et le grincement des mâchoires du Grand Perdeur qui mastiquait des morceaux de plastique et de verre.

Enfin, Jack atteignit le niveau où se trouvaient accrochées

les plus hautes cages. Il était plus difficile, à cet endroit, de s'agripper à la pierre brûlante et il avait peur que les malheureux prisonniers ne l'aperçoivent et poussent des cris de surprise qui auraient révélé sa présence au Grand Perdeur. La plupart, cependant, se cachaient les yeux, s'efforçant de ne pas regarder le monstre qui, à présent, se curait les dents pour en extraire des fragments de verre qu'il fixait sur son corps. Pour cela, il les léchait de son horrible langue noire et caoutchouteuse, visiblement enduite d'une matière visqueuse, puis les collait par-dessus les rouages et les morceaux de métal déjà en place.

Jack entreprit de se déplacer latéralement en prenant appui sur les cages, sautant de l'une à l'autre. Il sentait les barreaux lui brûler les pieds, mais un nouvel obstacle lui apparut lorsqu'il s'approcha du Cochon de Noël dont les petits yeux noirs étaient toujours fixés sur le Grand Perdeur. Toutes les cages étaient équipées de lourds cadenas accrochés aux barreaux et celui qui fermait la cage de CN était le plus gros de tous.

Enfin, Jack parvint à sauter sur la cage qui retenait prisonniers le Cochon de Noël et l'ange brisé.

– CN, murmura-t-il. CN, c'est moi. Regarde au-dessus de toi.

Le Cochon de Noël leva la tête et, pendant un instant, il se figea, stupéfait, ses petits yeux noirs écarquillés. L'ange brisé écarta la main qui cachait son malheureux visage à moitié dévoré et, à son tour, regarda fixement Jack.

– Jack ! dit le cochon, le souffle coupé. Qu'est-ce que… qu'est-ce que tu…

– Je suis venu vous sauver – tous les deux ! répondit-il en rampant sur le sommet de la cage pour essayer d'attraper le cadenas géant. Vous m'appartenez, vous deux, et je vous ramène à la maison !

– Mais… et LC ?

– Nous nous sommes dit adieu comme il le fallait, répondit Jack en tirant sur le cadenas qui demeurait verrouillé. Il voulait que je vienne te chercher. Je vais vous sortir d'ici !

Mais il ne parvenait pas à ouvrir le cadenas.

– Jack, je ne comprends pas, tu espérais tellement retrouver LC !

– Je croyais avoir besoin de lui, répondit-il, mais toi, tu as plus besoin de moi.

– Tu dois sortir d'ici ! Il n'y a rien qui ferait plus plaisir au Grand Perdeur que de pouvoir dévorer un garçon vivant ! Tu serais la plus belle proie qu'il ait jamais capturée.

– Je ne m'en irai pas sans toi, dit Jack qui essayait toujours de briser le cadenas, mais celui-ci ne cédait pas.

– Il est trop tard, dit le cochon, des larmes coulant à présent sur ses joues. Il ne reste plus que quelques minutes avant le jour de Noël, il faut que tu ailles te placer sous un trou de retrouvaille ! Il n'y a plus d'espoir pour nous, mais toi, tu peux encore t'enfuir, Jack !

Avant que celui-ci ait eu le temps de répondre, cependant, le Grand Perdeur poussa le hurlement le plus assourdissant, le plus terrifiant que Jack ait jamais entendu. Ses yeux projetèrent à nouveau une lumière blanche éclatante tandis qu'il se dressait sur ses pointes de métal. Jack, le Cochon de Noël et l'ange brisé furent littéralement cloués sur place, dans le puissant rayon des projecteurs.

Le Grand Perdeur venait de repérer le garçon vivant.

57

Le dernier espoir

– Qu'est-ce donc que j'aperçois ? dit le Grand Perdeur de son horrible voix perçante. Un petit Surplus très différent de tous ceux que j'ai capturés jusqu'à présent !

À plat ventre au sommet de la cage, Jack tendit la main entre les barreaux et saisit une des pattes du Cochon de Noël. L'ange brisé attrapa l'autre patte du cochon et tous les trois restèrent agrippés l'un à l'autre pendant que le Grand Perdeur se frayait lentement un chemin à travers la caverne, dispersant sous ses pointes d'acier des morceaux d'Objets morts. Tout autour, sur les parois de pierre, les Objets prisonniers de leurs cages gémissaient, sanglotaient, car ils avaient compris ce qui se passait et savaient que Jack, le Cochon de Noël et l'ange brisé n'allaient pas tarder à finir dans la gueule du monstre.

– Je savais que tu viendrais. Dis-moi, mon enfant, poursuivit le Grand Perdeur, qu'est-ce qui fait que les humains aiment tant les Objets ?

Le souffle du Grand Perdeur balaya Jack comme un vent chaud et immonde. Son haleine donnait l'impression que tous les tas d'ordures du monde s'étaient accumulés dans son estomac, la poussière, la pourriture, les tissus moisis, l'acide des batteries, le caoutchouc brûlé, tout le rebut des Objets fabriqués par l'homme.

– Nous n'aimons pas tous les Objets, répondit Jack d'une voix tremblante. Seulement ceux qui ont quelque chose de bien particulier.

– Et qu'est-ce qui fait, reprit le Grand Perdeur en s'approchant, sa tête gigantesque plus grande que le corps tout entier de Jack, les rayons de ses yeux si éclatants que Jack pouvait à peine le regarder en face, qu'est-ce qui fait qu'on puisse tant aimer un petit cochon dégoûtant et sans la moindre valeur ?

– Il est le meilleur et le plus courageux des cochons du monde, voilà ce qu'il est, répliqua Jack d'un ton féroce.

– Alors, tu… tu m'aimes ? murmura le Cochon de Noël.

Jack serra sa patte plus fort que jamais.

– Oui, répondit-il.

– Mais… et LC ?

– On peut aimer plus d'une Chose à la fois ! répondit-il.

Se tournant à nouveau vers le Grand Perdeur, il ajouta :

– Laissez partir CN et aussi l'ange brisé ! Ils ne méritent pas d'être dévorés. Ils n'ont jamais fait de mal à personne, ils n'ont jamais rien fait de mal ! Laissez-les rentrer avec moi !

Le Grand Perdeur rejeta la tête en arrière, ouvrit son épouvantable gueule, découvrant l'énorme langue caoutchouteuse qui reposait comme une grosse anguille noire entre ses crocs luisants, et se mit à rire. Puis il dirigea à nouveau les rayons de ses yeux aveuglants vers Jack et hurla :

– Personne ne t'a donc expliqué ce que je suis, mon garçon ? Je prends, je prends et je prends encore ! La veille de Noël arrive presque à sa fin…

Le Grand Perdeur s'approchait de plus en plus, ses horribles dents de diamant brut étincelant à la lumière rouge des flammes, son haleine soufflant un vent fétide.

– … et au dernier coup de minuit, tu seras à tout jamais coincé ici, sans espoir de retour. Alors, je t'avalerai et peut-être qu'à ce moment-là, je me mettrai à aimer les Objets autant que les aiment les humains !

Tout autour de la caverne, les Objets bon marché, rejetés, gémissaient, tremblaient, sanglotaient dans leurs cages.

– Pas le garçon ! Pas le garçon !

– Vous prenez sa défense ? lança le Grand Perdeur d'un ton railleur, les faisceaux de ses yeux balayant les cages où les malheureux Objets se recroquevillaient de peur. Les humains vous ont fabriqués, vous ont rejetés, vous ont oubliés, c'est entièrement leur faute si vous avez fini sur la rocaille ! Vous ne valez rien, vous êtes laids et vos propriétaires ont pensé que vous n'aviez aucune valeur ! Vous devriez être heureux de regarder mourir un humain, avant que je vous mette en pièces avec mes dents !

Mais Jack venait d'avoir une idée. Peut-être arrivait-elle trop tard, mais c'était la seule qui avait une chance de marcher.

– Écoutez ! cria-t-il à tous les Objets prisonniers tandis qu'il restait cramponné à la patte du Cochon de Noël. Je suis un humain et vous avez de l'importance à mes yeux ! Pour moi, vous n'êtes pas des débris et je sais comment vous faire sortir d'ici !

À ces mots, le cadenas géant qui verrouillait la cage du Cochon de Noël vola en éclats. Les Objets accrochés aux parois de pierre sursautèrent, stupéfaits, puis, un par un, d'autres cadenas, tout autour de la caverne, se brisèrent, puis d'autres et d'autres encore. Le Grand Perdeur, effaré, poussait des hurlements de rage, mais Jack, lui, savait ce qui s'était passé. Il avait donné aux Objets de l'espoir, un espoir qu'aucune serrure ne pouvait enfermer. À présent, certains parmi les plus courageux sortaient de leurs cages, s'aidant les uns les autres au passage.

– Vous avez tous la possibilité de sortir d'ici, je vous le promets ! cria Jack aux Objets qui tremblaient encore de peur à l'idée de quitter leurs prisons. Vous devez simplement y croire !

– Arrière ! hurlait le Grand Perdeur, saisi de fureur en voyant s'échapper les Objets. Il ment, retournez dans vos cages ! ARRIÈRE ! Je mangerai en premier tous ceux qui tentent de s'évader !

– Je ne vous mens pas, cria Jack, si chacun espère et croit…

Quelque chose d'extraordinaire se produisit alors – quelque chose de magnifique qui ne pouvait se passer que durant la nuit des miracles et des causes perdues, parce que Jack avait refusé d'abandonner tout espoir et que rien n'est jamais définitivement perdu tant que l'espérance subsiste…

Tout en haut, dans le ciel de bois sombre, au-dessus de la tanière du Grand Perdeur, là où il n'y avait jamais eu aucun trou de retrouvaille, quelque chose craqua. Le monstre leva la tête en entendant la surface du ciel se briser et il poussa un hurlement de rage. Une ouverture était apparue, mais elle n'était pas obscure comme les trous de retrouvaille habituels. Des étincelles tournoyaient à l'intérieur, tel un tourbillon animé par une magie que Jack connaissait déjà car, un jour, bien longtemps auparavant, quand il n'avait que trois ans, il avait imaginé LC monté sur un vélo magique qui tournait ainsi à l'intérieur d'un trou semblable.

– Voilà le chemin du retour au pays des Vivants ! s'exclama Jack. Continuez d'espérer !

Le trou s'agrandit. Il était large et doré et, à ce moment, la magie véritable se manifesta : au lieu de projeter une unique colonne de lumière d'or qui aurait sauvé l'Objet situé au-dessous, la clarté tournoyante descendit en spirale et ramassa en son sein des centaines et des centaines d'Objets stupéfaits et ravis. Ils s'élevaient hors de leurs cages repoussantes, ceux en fer-blanc, en carton, en bois, en papier, en plastique, éclatant de rire en se voyant emportés par le cyclone de lumière tourbillonnante. Le Grand Perdeur, furieux et désemparé, ne comprenait pas ce qu'il se passait et il avait beau se tourner en tous sens pour essayer de les rattraper, ils glissaient entre ses longs doigts d'acier et s'élevaient vers cette nouvelle échappée que leur espoir avait fait apparaître dans le ciel de bois.

– Ils vont être recyclés ! s'écria Jack alors que la monstrueuse créature essayait d'attraper les Objets qui s'élevaient très vite hors de sa portée. Là-Haut, ils redeviendront tout neufs et vivront une nouvelle vie !

– Non, vociféra le Grand Perdeur, vibrant de rage. Les humains ne peuvent pas les reprendre, ils sont à moi, c'est à moi qu'ils appartiennent…

Alors, quelque part au-dessus de l'ouverture étincelante, là où disparaissaient les Objets qui avaient été sauvés, retentit le carillon d'une horloge lointaine. Il était minuit au pays des Vivants. La veille de Noël se terminait.

– Si je ne peux plus les avoir, hurla le Grand Perdeur fou de colère, c'est toi que j'aurai !

Le monstre tendit sa main griffue, aux doigts aussi longs que des poutrelles d'acier, et Jack entendit les cloches. Il sut à ce moment que l'espoir ne suffirait plus. Le seul réconfort

qui lui restait au monde était le contact de la patte du cochon dans sa main et il ferma les paupières tandis que le faisceau projeté par les yeux du Grand Perdeur se rapprochait, de plus en plus éblouissant.

Alors, il se sentit

tomber…

tomber…

tomber.

NEUVIÈME PARTIE

Retour

58

Retrouvés

L'odeur de l'haleine du Grand Perdeur s'était évanouie. Jack continuait cependant de tomber, les paupières étroitement closes, s'agrippant à la patte du Cochon de Noël, et il sentit des branches pointues aux senteurs de sapin lui égratigner la peau. Ils tombèrent, tombèrent, tombèrent ainsi jusqu'à ce qu'il sente le sol sous lui. Une voix lointaine appelait son nom. Une voix qu'il connaissait.

– Espérance ? murmura-t-il.

Une porte s'ouvrit.

– Jack ? dit la voix, puis : Jack ! Qu'est-ce que tu fais sous le sapin ? Nous t'avons cherché partout !

Il ouvrit les yeux. Il était chez lui, pelotonné sous l'arbre de Noël, au milieu des cadeaux, les décorations luisant dans l'obscurité, au-dessus de sa tête. Des aiguilles de sapin étaient répandues autour de lui et il avait retrouvé sa taille normale. Le pull emprunté à un ours en peluche s'était déchiré et lui était tombé des épaules. Ce n'était plus maintenant qu'une minuscule boule de laine à côté de lui. D'une main, il serrait toujours la patte du Cochon de Noël et là, son bras intact tendu par terre, tenant l'autre patte du cochon, il y avait l'ange brisé.

– Brendan, je l'ai retrouvé ! s'écria maman, qui s'agenouilla pour regarder son fils à travers les branches de l'arbre. Qu'est-ce que tu fais là-dessous, Jack ? Je suis allée dans ta chambre pour te faire un bisou et tu avais disparu. J'étais malade d'inquiétude !

Elle tendit une main et Jack rampa sous le sapin en tenant CN d'un côté et l'ange brisé de l'autre. Sa mère le releva alors, le serra dans ses bras et Jack la serra en retour. C'était une sensation merveilleuse d'être revenu à la maison.

– Je suis tellement désolée pour LC, murmura maman. Papy m'a raconté ce qui s'est passé. Quand j'ai vu que tu n'étais pas dans ton lit, je me suis dit que tu étais peut-être sorti sans qu'on te voie pour essayer de le retrouver.

– Je suis allé chercher LC ! répondit Jack. Et j'ai failli être dévoré par le Grand Perdeur, mais je me suis échappé, je ne sais pas comment…

Il vit alors, brillant de tous ses feux et entouré d'un gros ruban rouge, son nouveau vélo posé contre le mur, à côté du sapin. Son guidon touchait les branches et Jack lâcha la main de sa mère pour le montrer du doigt.

– Voilà comment il a fait ! Le père Noël m'avait dit qu'il pourrait peut-être m'aider un peu plus tard ! Il a libéré l'ange !

– Quoi ? demanda sa mère, déconcertée.

Jack lui montra l'ange à moitié dévoré, avec son aile tordue.

– Elle s'était prise dans les branches, sous le sapin, tu vois ? Mais quand le père Noël est venu apporter mon nouveau vélo, il a secoué l'arbre exprès pour la dégager ! Comme ça, elle n'était plus perdue et elle nous a tirés avec elle, tous les deux, le Cochon de Noël et moi, pour nous ramener au pays des Vivants !

– Jack, qu'est-ce que tu racontes ? dit sa mère, moitié amusée, moitié inquiète.

Brendan entra alors précipitamment dans la pièce et posa une main sur son cœur.

– Oh, merci, mon Dieu, dit-il en voyant Jack. On croyait que tu t'étais perdu, mon pauvre petit !

– Je me suis perdu ! répondit-il tandis que Holly entrait à son tour derrière Brendan.

Elle avait les yeux toujours gonflés car elle avait beaucoup pleuré et elle poussa un grand soupir de soulagement lorsqu'elle vit Jack vivant et en bonne santé à côté du sapin de Noël.

– J'étais au pays des Choses perdues ! leur dit-il. On y est allés ensemble, avec CN ! J'ai retrouvé LC et il est heureux – j'ai toujours su qu'il aimait les plages – et puis, j'ai rencontré plein d'Objets, il y a plusieurs villes et le Grand Perdeur a failli m'attraper, mais l'ange brisé nous a sauvés. Il faut qu'on la garde avec nous ! ajouta Jack en mettant sous le nez de sa mère l'ange mutilé.

– Oh, oui, dit maman avec un petit rire en lui prenant l'ange des mains. À la voir comme ça, elle a sa place dans cette famille. Je pense qu'elle aurait paru un peu trop solennelle pour nous avant que Toby-le-chien ne l'attrape.

– Tu peux la soigner un peu ? demanda Jack. Comme tu l'as fait pour LC quand tu lui as cousu de nouveaux yeux ?

– Bien sûr, répondit sa mère.

Elle renifla alors et ajouta :

– Comment se fait-il que tu sentes la fumée ? Et pourquoi ton pyjama est plein de boue ?

– L'odeur, elle vient des flammes du Grand Perdeur et la boue, elle vient du lapin bleu, quand il m'a serré dans ses pattes, répondit Jack. C'est difficile de rester propre au pays des Choses perdues.

– Je ne sais pas de quoi tu veux parler, mais ce cochon a bien besoin d'être lavé.

– Pas tout de suite, dit Jack en serrant le Cochon de Noël contre sa poitrine. Ces temps-ci, il a très peur de l'eau parce qu'il ne sait pas nager. C'est pour ça qu'il est tout vert. Il a failli se noyer dans un canal. Il faut que je lui parle de la machine à laver avant que tu le mettes dedans, sinon, il aura vraiment peur. De toute façon, je dois d'abord l'emmener faire un tour sur mon nouveau vélo. Il aime bien les promenades à vélo, c'est le père Noël qui me l'a dit.

– C'est un sacré rêve que tu as fait là, dit sa mère. Et tu n'es pas censé avoir vu ce vélo. On n'est pas encore le jour de Noël.

– En fait, si, fit remarquer Brendan en regardant sa montre. Il est minuit une.

– J'ai faim, dit Jack. J'ai été absent pendant trois nuits entières et je ne pouvais rien manger au pays des Choses perdues, parce que ça aurait prouvé que j'étais un garçon vivant. Vous ne me croyez pas ?

Jack regarda alternativement sa mère et Brendan. Ils souriaient tous les deux, de cette manière agaçante, typique des adultes quand ils s'imaginent savoir mieux que vous ce qui s'est passé, alors que vous y étiez et que vous avez tout vu.

– Si je faisais du chocolat chaud ? proposa maman, toujours souriante.

Elle emporta l'ange brisé, Brendan alluma le feu de cheminée électrique et alla l'aider dans la cuisine, laissant Holly et Jack seuls.

– Moi, je crois que tu es vraiment allé au pays des Choses perdues, dit Holly d'une voix rauque. Je te crois, Jack. Et je suis contente que tu aies vu LC et qu'il soit heureux. Et aussi, je suis désolée – tellement désolée – de l'avoir jeté par la fenêtre de la voiture.

– Oh… ça ne fait rien, répondit-il. Maintenant, il vit

dans une jolie petite maison sur la plage, avec l'ange en rouleau de papier toilette. Et puis, j'ai CN. LC a dit qu'il était le plus courageux et le meilleur des cochons qui aient jamais existé et il a raison.

– Qu'est-ce qui s'est passé d'autre quand tu étais au pays des Choses perdues ? demanda Holly.

Ils s'assirent tous les deux auprès du feu et Jack lui raconta tout sur Jetables-City, le shérif Binoc Bill, la boîte à sandwichs et l'inhalateur, sur Zutcéouça, Adie et Poésie, sur leur long voyage à travers la rocaille des Indéplorés, sur Boussole, Lapin Bleu, les Objets étranges qu'ils avaient rencontrés dans la cité des Regrettés et sur leur fuite de la tanière du Grand Perdeur.

– Je sais que j'ai été horrible avec toi, Jack, dit Holly lorsqu'il s'arrêta enfin pour reprendre son souffle. Et je te promets de ne plus te malmener, plus jamais.

– Je te crois, répondit-il en se rappelant Brutenchef, dont il n'avait pas parlé.

CN était assis sur un genou de Jack pour pouvoir se réchauffer auprès du feu, lui aussi.

– Mais je pense que tu devrais arrêter la gymnastique, poursuivit Jack. Je sais que ça ne te plaît plus, et que tu préférerais plutôt faire de la musique.

– Comment… *comment* peux-tu savoir ça ? dit Holly, stupéfaite. Je n'en ai parlé à *personne* !

– On comprend bien des choses au pays des Choses perdues, assura Jack avec sagesse.

– J'ai toujours pensé que je voulais participer aux Jeux olympiques, reprit Holly en regardant le feu. Mais c'est fini, maintenant. Je préfère voir mes amis le week-end plutôt que d'aller tout le temps aux entraînements.

– Il n'y a rien de mal à laisser tomber son ambition, fit remarquer Jack. J'ai rencontré une ambition perdue, en bas. Elle était horrible, mais je suis sûr que tu peux en trouver une nouvelle, plus agréable.

– J'aimerais bien apprendre la guitare, dit Holly.

– Eh bien, c'est une chance, intervint Brendan qui était revenu dans la pièce avec deux grandes tasses de chocolat chaud. Judy et moi, nous nous sommes mis d'accord pour que vous puissiez ouvrir un cadeau chacun avant de retourner vous coucher. Je crois que tu devrais ouvrir le grand, celui qui est enveloppé dans du papier doré.

Jack dénoua le ruban rouge accroché à son nouveau vélo et montra au Cochon de Noël toutes les caractéristiques qui le rendaient si particulier pendant que Holly déchirait le papier de son plus grand cadeau et découvrait une guitare noire et brillante. Puis, tandis qu'elle apprenait son premier accord, Brendan aida Jack à régler la hauteur de la selle de son vélo et maman réapparut en tenant dans sa main l'ange brisé.

Elle avait enroulé une petite bande de gaze autour de sa tête pour cacher le morceau qui manquait, elle avait redressé son aile tordue et fait un pansement à son bras sans main. Brendan, qui était plus grand que les autres, prit alors l'ange qui avait les traits d'une dame et la posa à nouveau au sommet du sapin d'où elle leur sourit, aussi fièrement que si elle avait toujours été destinée à être ainsi réparée.

– Je l'aime bien, dit la mère de Jack. Elle a l'air très gentille, vous ne trouvez pas ? Bon, vous deux, c'est l'heure d'aller au lit, dès que vous aurez bu votre chocolat. De toute façon, nous serons levés dans quelques heures.

Jack et Holly montèrent donc l'escalier et se souhaitèrent une bonne nuit sur le palier. Puis Holly disparut dans la chambre d'amis et maman vint embrasser Jack dans la sienne.

Là, aucun Objet ne parlait ni ne bougeait, aucun d'entre eux n'avait d'yeux ni de bras, sauf ceux qui en avaient toujours eu. Jack se blottit sous la couette et sa mère l'embrassa, puis elle embrassa aussi le Cochon de Noël. Elle éteignit la lumière et sortit en refermant la porte derrière elle.

Jack, blotti dans son lit, respira l'odeur de CN, un mélange d'eau du canal et de fumée avec un tout petit soupçon du parfum de maman. Il devrait bientôt passer dans la machine à laver, mais Jack savait qu'il finirait par prendre l'odeur de la maison et celle de la caverne où il serait bien au chaud, sous les couvertures.

– Bonne nuit, CN, murmura Jack. Joyeux Noël.

Épuisé par ses aventures, il s'endormit presque tout de suite.

Ce n'était plus la veille de Noël, la nuit des miracles et

des causes perdues était arrivée à sa fin, et pourtant, dans l'obscurité de la chambre, deux petites pattes serrèrent le garçon endormi.

– Bonne nuit, Jack, murmura le petit cochon dont les larmes de bonheur coulaient sur l'oreiller. À toi aussi, joyeux Noël !

Table

Remerciements

Jack et la grande aventure du Cochon de Noël est un texte très cher à mon cœur et qui a nécessité plusieurs années d'écriture. Lui laisser enfin prendre son envol a été une expérience des plus joyeuses et cathartiques.

Je suis très reconnaissante envers Aine Kiely, l'une de mes plus anciennes et chères amies, qui a été ma Boussole personnelle dans un moment difficile lorsqu'elle m'a rappelé, il y a de cela plusieurs années, que Noël revient tous les ans, préservant ainsi ma santé mentale. C'est grâce à Aine que j'ai tant aimé écrire ce livre.

Ruth Alltimes a été l'éditrice parfaite avec qui travailler sur ce projet : sa perspicacité, son enthousiasme et son empathie ont rendu le processus éditorial très plaisant. Je remercie également Emily Clement chez Scholastic pour ses contributions, qui ont toutes enrichi l'histoire.

J'éprouve une immense gratitude, comme toujours, à l'égard de mon ami et agent, Neil Blair, et de toute l'équipe du Blair Partnership pour le rôle qu'ils ont joué dans *Jack et la grande aventure du Cochon de Noël*.

Je remercie bien sûr mon indispensable équipe managériale, Nicky Stonehill, Rebecca Salt et Mark Hutchinson, de m'avoir laissée leur raconter l'histoire complète pendant un déjeuner. À l'avenir, limitez-moi à deux verres.

Sans Fiona Shapcott, Di Brooks, Angela Milne et Simon Brown, je serais probablement toujours en train d'écrire mon avant-dernier livre. Merci pour tout.

Jim Field était l'artiste parfait pour ce projet. Je ne pourrai jamais assez le remercier d'avoir si admirablement dessiné Jack, les deux cochons et le pays des Choses perdues. Je suis restée bouche bée plus d'une fois devant ses illustrations, car elles correspondaient exactement à ce que j'avais en tête.

Le plus important pour la fin : merci à ma famille. *Jack et la grande aventure du Cochon de Noël* s'est réellement avivée à l'époque où cinq Murray étaient assis sur le sable à la plage, et où je vous ai expliqué ce qu'était le pays des Choses perdues. Votre enthousiasme, votre intérêt et vos questions logiques (Dec) m'ont poussée à continuer d'écrire. Il ne me reste plus qu'à préciser que toute ressemblance entre les Objets décrits dans ces pages et ceux que notre famille a pu perdre ou trouver est, bien entendu, entièrement volontaire.

De J.K. Rowling
chez Gallimard Jeunesse

HARRY POTTER

1. *Harry Potter à l'école des sorciers*
2. *Harry Potter et la Chambre des Secrets*
3. *Harry Potter et le prisonnier d'Azkaban*
4. *Harry Potter et la Coupe de Feu*
5. *Harry Potter et l'Ordre du Phénix*
6. *Harry Potter et le Prince de Sang-Mêlé*
7. *Harry Potter et les Reliques de la Mort*

Harry Potter et l'enfant maudit
D'après une nouvelle histoire originale de J.K. Rowling,
John Tiffany et Jack Thorne
Une pièce de théâtre de Jack Thorne

LA BIBLIOTHÈQUE DE POUDLARD
Le Quidditch à travers les âges
(publié au profit de Comic Relief et Lumos)
Les Animaux fantastiques : vie et habitat
(publié au profit de Comic Relief et Lumos)
Les Contes de Beedle le Barde
(publié au profit de Lumos)

LES ANIMAUX FANTASTIQUES :
LES TEXTES DES FILMS
1. *Les Animaux fantastiques*
2. *Les Crimes de Grindelwald*

L'ICKABOG

Découvrez *L'Ickabog*, un autre conte de J.K. Rowling

La Cornucopia était un petit royaume heureux. On n'y manquait de rien, le roi portait la plus élégante des moustaches, et le pays était célèbre pour ses mets délicieux : Délices-des-Ducs ou Nacelles-de-Fées, nul ne pouvait goûter ses gâteaux divins sans pleurer de joie !

Mais dans tout royaume, un monstre rôde : selon la légende, l'Ickabog habitait les Marécages brumeux et froids du nord du pays. On disait de cette créature qu'elle avait de formidables pouvoirs et sortait la nuit pour dévorer les moutons comme les enfants. Des histoires pour les petits et les naïfs ? Parfois, les mythes prennent vie de façon étonnante…

Alors, si vous êtes courageux et voulez connaître la vérité, ouvrez ce livre, suivez deux jeunes héros déterminés et perspicaces dans une folle aventure qui changera pour toujours le sort de la Cornucopia.

Loi n° 49-956 du 16 juillet 1949
sur les publications destinées à la jeunesse

Numéro d'impression : 2103456
ISBN : 978-2-07-516305-7
Numéro d'édition : 399224
Dépôt légal : octobre 2021

Imprimé en France par Normandie Roto Impression s.a.s.